福尔摩斯症候群

LE MYSTÈRE SHERLOCK

[法] J·M·埃尔　著

杨松河　译

上海译文出版社

图书在版编目(CIP)数据

福尔摩斯症候群/(法)J·M·埃尔著;杨松河译.
—上海:上海译文出版社,2017.2(2017.7重印)
ISBN 978-7-5327-7359-6

Ⅰ.①福… Ⅱ.①J… ②杨… Ⅲ.①侦探小说—法国
—现代 Ⅳ.①I565.45

中国版本图书馆CIP数据核字(2016)第231171号

福尔摩斯症候群
[法]J·M·埃尔 著 杨松河 译
责任编辑/黄雅琴 封面插图及设计/岑骏 版式设计/柴昊洲

上海世纪出版股份有限公司
译文出版社出版
网址:www.yiwen.com.cn
上海世纪出版股份有限公司发行中心发行
200001 上海福建中路193号 www.ewen.co
上海信老印刷厂印刷

开本890×1240 1/32 印张7.5 插页2 字数121,000
2017年2月第1版 2017年7月第3次印刷
印数:7,001—10,000册

ISBN 978-7-5327-7359-6/I·4483
定价:37.00元

我建议用“福尔摩斯情结”来形容某些创作者或某些读者，他们在情感纽带的驱使下赋予了虚构人物以生命，还和他们建立起爱恋或者毁灭的连结。

——皮埃尔·巴亚尔，
《巴斯克维尔猎犬案情》

福尔摩斯的评论家通常会忘记这个人物的一大性格特点：福尔摩斯是个幽默的人。在《福尔摩斯探案集》讲述的案件中，福尔摩斯微笑了103次，大笑了65次，格格笑了31次，开过58次玩笑，说过59句俏皮话。

——A.-F. 吕奥 & X. 莫梅让，
《夏洛克·福尔摩斯的一生》

《夏洛克·福尔摩斯补白》(节录)

提到H这个字母，人们往往想到福迷[①]（Holmésien），福迷们对夏洛克·福尔摩斯爱得如痴如狂。福学专家——不论在大学还是在医院——把福迷们分为几个级别。一到三级的福迷喜爱的是柯南·道尔在1887年创作出来的英国侦探形象。他们喜欢反复阅读四部长篇和五十六个短篇小说构成的福尔摩斯探案集，他们在书店里面如饥似渴地买下各种关于福尔摩斯的仿作，也乐意投入到福尔摩斯竞争对手的冒险中去，比如赫尔克里·波罗[②]，哈利·迪克森[③]。总而言之，除了喜欢把那句老生常谈的口头禅挂在嘴边："这是常识，我亲爱的华生！"他们都是无害的。

四级到六级的福迷大都是内行人士。对于这些福尔摩斯探案集的脑残粉丝而言，虚构与现实往往混淆不清。他们从英语原文入手，对文本展开分析，加入福尔摩斯社团，参加各种研讨会。总之，他们开始让身边的人不胜其烦。

最后是七级到十级的福迷，他们构成另外一个层级。对于他们来说，事情是很明显的，夏洛克·福尔摩斯实有其人，柯南·道尔不过是华生医生的代言人，伦敦大侦探的传记作家罢了。在这种情况下，虚构的故事不复存在，华生的记录就成了福音书般的至理名言，对这神圣文本的研究成了头等大事，他们要解决那些形而上学的根本谜题，诸如福尔摩斯的生日，华生到底结了几次婚，等等。

最好的情况，每天早上吃点药。

---

① 福尔摩斯崇拜者的简称。自从英国作家柯南·道尔的福尔摩斯系列侦探小说发表之后，在世界范围内出现了越来越多的福尔摩斯书迷，他们对福尔摩斯的侦案天才钦佩得五体投地，对福尔摩斯探案进行过深入的研究，并开展学术讨论，逐渐形成了一门称为“福学”的刑侦学流派，其中有些痴迷者相信福尔摩斯并非虚构人物，而是实有其人，他们常撰写论文、发表演讲，对有关福尔摩斯的电影、广播、舞台剧、电视、书籍做出评论。这类段位较高的福迷被称为“福学家”。

② 有“侦探小说女王”之称的英国小说家与剧作家阿加莎·克里斯蒂笔下的系列侦探小说的主人公。

③ 一个虚构的大侦探，有“美国的福尔摩斯”之称。其探案故事在德国、荷兰、比利时、法国等报刊上广为刊载。

星期二

贝克街旅馆

瑞士

明媚的五月下了一场大雪，天气乍暖还寒，恰好可以缓和一下全球气候变暖。在瑞士美人根山谷里，大自然女神披上了洁白的大衣。在洁净无瑕的外衣上，随处可见几丛胆大斗寒的小花，几只毛茸茸的小动物在雪地上叽叽咕咕地嬉耍。一些野山雀婉转甜美的歌吟犹如小提琴和双簧管同台献艺。当然，天气大幕已经高高挂起，舞台上就差圣诞老人以及跟在他身后的那群淘气鬼，这必是欢天喜地的世界。所有这些场景都是为了让这个舞台呈现出一种令人难忘的美丽与纯洁，浑然蜕变为迪士尼乐园。然而，对于侦探小说的爱好者来说，这一切美景稍纵即逝，因为侦探小说总是鲜血淋漓，令人毛骨悚然的。果不其然，突然间，雪地上冒起一团臭气熏天的黑烟，毫无疑问烟云中含有致癌物质，只见一辆脏兮兮的大型铲雪车用它那攻无不克的铲斗将一片片洁白的雪衣、毛茸茸的动物和双簧管音乐一路清除殆尽。

这简直是一幅战胜大自然的寓意深刻的讽刺画，只见铲雪车为一辆消防车开道，发出刺耳的吱吱嘎嘎的金属噪音，朝着瑞士贝克街旅馆行进。这家旅馆营造出热热闹闹的氛围，还有无线网络，愿意接待孩子和宠物。它坐落在瑞士伯尔尼州美人根山谷高地上。

大雪封山，此地与外界已经隔绝了四天。

波塞冬中尉驾驶着他那崭新的火红的消防车，脸上洋溢着自豪感，首先是因为他与海神波塞冬同名，级别至高无上，其次还因为其使命使他身价倍增：他跑遍全州，将一个个小山村从封山大雪中解救出来。所到之处都被当作解放者来欢迎，山民们为他举办民间舞会，把那些堆雪人设路障的“帮凶们”当德军奸细一样推了光头……

当天的日程安排在贝克街旅馆，一场大雪崩掩埋了旅店，店中有十几位前来参加夏洛克·福尔摩斯研讨会的学者。

“一个个都是冷藏的精英大脑？好极了！”波塞冬中尉想，他曾有三次未能通过初中毕业考试的痛苦经历，对学校老师难免耿耿于怀。

“经过三天冷冻，肌肉势必萎缩，恐怕就不那么会刁难别人了吧。”波塞冬冷笑道，不由鼓一鼓二头肌和侧三角肌。

驾驶室皮座上，坐在波塞冬身边的是一个矮胖男子，只见他挺着大肚皮，胡子拉碴，显得忧心忡忡，局促不安，他叫路易吉·里加特利，就是贝克街旅馆的经理。他为什么焦虑呢？原来是这样的：

三天前，酒店接待了一批研究福学的专家学者，所谓“福学”，这门学问就是研究华生医生写的有关夏洛克·福尔摩斯的笔记。

贝克街旅店离莱辛巴赫瀑布[1]不远，是福尔摩斯与其宿敌詹

---

① 瑞士山区的一个瀑布景观，落差约250米。也是福尔摩斯与宿敌莫里亚蒂教授最后生死对决的地方。

姆斯·莫里亚蒂教授[1]生死决斗之处。旅店经理路易吉为此感到不胜荣幸，因此竭尽全力保证周末聚会圆满成功。但往往命运多舛，事与愿违。几个小时之内，犹如齿轮掉链，形势急转直下：一场雪灾突然爆发了。

旅客们讨厌极了，没完没了地提出苛求，经理的亲生儿子本应担任夜班经理的工作，可总有午夜过后擅离职守的情况，旅客就说后半夜找不到值班经理。路易吉呢，因其睿智而享誉全州，觉得冒着暴风雪连夜开雪铁龙 2CV 轿车离开酒店显然是明智之举，何况有报道称他这人“神机妙算，大智若愚”。后来，有人在早上看到他的车一头栽进一个大雪堆里，英明的大师用了两天时间才慢慢解冻，这一切他儿子都看在眼里。而他儿子那天发现飘第一片雪花时还躺在床上呢。因此，路易吉·里加特利这次回到旅馆时有一种撕心裂肺的负罪感，其罪过就好像大风暴来临时船长弃船而逃一样。那些被他遗弃的旅客们只好听天由命了。救灾人员抵达现场后费了几个小时才清理出建在雄关险道上的小旅馆入口。旅馆建筑兼有奥地利别墅、法国朗德地区民居和希腊时代的风格，这座杰作居然出自一位身在精神病院的地方艺术家之手，因此颇受精神病院里的地方艺术爱好者的普遍好评。波塞冬中尉现在正准备跨进建筑杰作的门槛。这一步是庄严隆重的，他将有特权打通禁区。大家会欢迎他，为他欢呼，甚至可能为他发放毕业证书。但是，正当他下狠心抓紧操纵把手时，他的大脑黑洞深

---

① 福尔摩斯探案中的重要反派角色，处处与福尔摩斯为敌，他是犯罪主谋，被福尔摩斯称为“犯罪界的拿破仑”。他在伦敦市内建立起一个犯罪的帝国，几乎有一半的伦敦罪案都是他策划的，而且每次作案后都干净利落地逃之夭夭，从没有被抓住过。

处却发出了咯噔一声的警报。如果是往常，应该会听到即将得救的人们发出一阵歇斯底里的欢呼，极度兴奋的狂欢，当然，这样的反应无可厚非，可以理解。可是相反，里面毫无动静。这真有点令人失望，更是一种不祥之兆。里面一片死静，一片沉寂，就是这么回事。

与会者肯定在旅馆内，里加特利如是说。但现在是什么情况？

"这难道是一场聋哑人的研讨会？里面没有动静呀。"下士弗利波试探着说，因为他觉得一分钟也不容浪费了。

大门被卡住了？必须强行打开。大门是仿建了中世纪城那种硬木大门？必须炸开。没有炸药啊？那好吧，既然大家都主张另想办法，波塞冬便决定大显身手。老板路易吉·里加特利心疼自己的旅馆，试图恳请中尉手下留情，并许诺用一根珍藏一年的意大利奥斯塔火腿为赠，但波塞冬既不受贿也不爱吃肉。后来只好主随客便，爱怎么处理就怎么处理吧，用消防车推开大门，除此别无良策。经过一阵破门而入的噼里啪啦声、吱吱嘎嘎声和稀里哗啦声之后，波塞冬、弗利波和里加特利进入了洞开的酒店大门，心头有点进入神圣殿堂那种诚惶诚恐的感觉。

"黑咕隆咚的，"弗利波下士刚刚出道，难免少见多怪。

"有人吗？"里加特利问道，他想再次提出异议。

"没人回答。"弗利波说，还是觉得很奇怪。

"这就怪了，"波塞冬说着走近一堵有红色花纹的墙。

"真不赖，这些红色的线条，"弗利波对壁画颇为欣赏，"一看就有特色。"

"这不是画，"里加特利纠正道。

"这是血迹，"波塞冬证实道。

"啊，这个，装饰画嘛，有情趣，有色彩，"弗利波断定。

"最好叫警察，"波塞冬贴近凝固的血迹观察道。

"还是您说得对，"弗利波连忙改口附和道。

"叫雷斯垂德探长，是一位朋友，"里加特利也附和道。

"不必了，我不请自来，"忽然传来第三者的声音，还是附和的口气。

既然情况严重，大家又众口一词，波塞冬中尉在消防尖兵训练中养成的胆大包天、当机立断的劲头上来了，不由转过身去。

新来的人身高超过一米八，因为身材消瘦益发显得高大。他目光敏锐，炯炯有神，鹰钩秀鼻，呈现出如临大敌和斩钉截铁的神态。他的方下巴也很突出，说明他是一个绝不手软的人。总而言之，也是机缘巧合，完全符合《血字的研究》中华生大夫对福尔摩斯的外貌描写。

"雷斯垂德探长！"里加特利热情洋溢地说，"我们得救了！"

"您怎么……"波塞冬中尉正盯住血迹看，漫不经心地说。

"您不需要我？"探长说，口气冷淡。

"不，不过……您怎么知道……？神出鬼没呀！"

"得，得，您尽会忽悠我。"

"我们正要给您打电话！"里加特利嚷嚷解围。"真有点超乎自然！"

"饶了我吧，亲爱的路易吉，你们是瞎胡闹。您多少次要我冷静观察事实。还记得吗？我们的大师在《布鲁斯-帕廷顿计划》案件中对大家说的至理名言：'如果其他的所有假设都归于失败，那么剩下的那个假设不管怎样不可能，就应该是继续追踪的事实。'因此，如果说我的到来毫无超自然的神秘，也不是你们打电话叫来的，那是因为……”

“那是因为……”里加特利欲言又止。

“再动动脑筋！要是你们不叫我，那是因为……”

“我能参与一下吗？”弗利波说。

“那么您呢，中尉，您有主意了吗？”雷斯垂德探长说。

“我不明白……”

“我嘛，告诉我答案吧，”弗利波说。

“你们让我失望，先生们。这其实很简单：如果你们不叫我，那就是因为有其他人已经干了，瞧瞧！”

“那当然！”里加特利和弗利波拍拍脑门一唱一和道。

“是吗？”波塞冬很是惊讶，“然而……会是谁呢？”

只见雷斯垂德探长缓慢抬起手臂，像是为了让凡夫俗子印象深刻，故意拿腔拿调，指着旅馆大门说道：

“一个叫奥斯卡·勒科克的人。半小时前他报了警，当时电话已经重新接通。他被困在旅馆内。”

“那他说了什么？”

“很简单：‘快来救我，我在大门后面。’”

“大门后面？”波塞冬中尉说，不由睁大眼睛观察所说的大门，只见大门已经倒在地上，上面正压着一台消防车。

“是的……”探长叹了口气。大门后面……”

贝克街旅馆大厅内，三分之一是沮丧的氛围，三分之二是杯盘破裂一派狼藉。奥斯卡·勒科克离开悲惨世界时形如一张番茄肉糜酱披萨饼，场景很地道，但却有点粗暴。当时应该有个人有点牺牲精神，口里说着吉利话，一头把玻璃撞破，缓解一下气氛。在这方面，大家可以指望弗利波下士。

“从某种程度上来说，搜寻工作有了进展，我们已经找到奥斯卡·勒科克！”弗利波下士大言不惭说，后来他从伙伴眉头紧皱的神色中才明白过来，他应该上二楼继续搜索。

“要不然的话，”弗利波问里加特利，“您对您的门满意吗？”

这次，说者有意，听者也有心，里加特利不由激动起来了。正当下士和经理就本地橡木与进口木料孰优孰劣争论不休之际，探长与波塞冬则设法着手搜索整个旅馆。在底层，有一个接待大堂，一个客厅和一个酒吧，一个饭厅及其厨房，一个会议厅和一个健身房。楼上，是十五六套排列整齐的豪华客房，雷斯垂德探长开始逐一进行检查。大部分房间有行李，床上用品呈打开用过状，但所有房间都空无一人，证实发生了悲惨事件，大部分房门被强行推开，有一道门被火烧过，另一间乱得难以形容，窗帘破碎不堪，地毯脏得一塌糊涂。出席研讨会的代表被转移到什么地方了？雷斯垂德探长和波塞冬中尉都向对方提出这个问题；弗利波和里加特利则高声回答了他们的问题，喊声是从厨房传出来的。

原来，下士预感到肚子会饿得受不了，便问经理有没有什么东西可以给他塞牙缝。经理这才想起要去他那超标准的现代化厨房看一看。一切称心如意，但下士又提出要吃熟猪肉。这就得打开冷库，里面有沃州香肠和格劳宾登风干牛肉，同时还发现了大学学者的尸体。

十具尸体排列整齐。弗利波下士想吃猪肉的食欲立刻平息了下去。

过了一个小时，专家组负责对尸体进行检查，三个伙伴则靠着客厅吧台喝着苦艾酒苦思提神，雷斯垂德探长则坐在客厅扶手椅上抽烟。他吞云吐雾，大口大口地抽着樱桃木烟斗，眼睛则死死盯着堆在眼前茶几上的一大摞材料。这些材料使他得以还原死者生前在客房的情况。其中有一份关于周末专题讨论会的详细记录，是一位与会者撰写的。还有若干信件，零星笔记，以及两部含有录音的口述录音机。

探长翻开第一张，页面上标有昨天的日期：

5月7日　星期一

再过几分钟，或者说再过几小时，一切将结束。四天的焦虑，四天的恐怖，四天囚禁在这已经变成坟墓的旅馆里。

再过几分钟，或者说再过几小时，人们将破门而入：要么救我的人救我，要么害我的人害我。到底是正是反，是吉是凶？

我只有等待，别无选择，只好亲自记下这最后几天的情况，并转录好我的录音。我想弄明白，是谁设下圈套陷害我们，到底是为了什么？围绕着我的叙述，答案也许会冒出来吧？除非有人先破门而入抢走了答案……

我叫奥黛丽·马尔姆真，一名记者。我当时幻想枪杆子开出鲜花①，才于上星期五抵达美人根山谷对福迷进行调研，参加了波波教授组织的学术讨论会。这个讨论会将正式产生巴黎索邦大学的首席“福学”教授。

---

① 典出法国一部战争小说，书名就叫《枪杆子开出鲜花》（*La fleur au fusil*），写的是第一次世界大战期间，一位法国小兵走到法德火线中央呼吁停火，不要再互相残杀。这个短语后来被广泛使用，用来形容行为勇敢又天真，相当于汉语成语“异想天开”。

“为了荣获这个头衔，恐怕得准备杀人。”波波教授此前曾开玩笑说。

只是在我写下这段话的时候，周围已没有人会开怀大笑了。

……

“您想从这堆材料中发现罪犯的姓名吗？”弗利波下士问，他无法掩盖自己对阅读资料破案的反感。

“我不知道，”雷斯垂德探长答道。

“必须对这场灾难做出解释！”里加特利感慨万千，随手打开了一瓶马提尼酒，以便稀释苦艾酒。“否则，我的旅馆将不可能恢复元气！我已经听到竞争对手对旅馆丑闻和冷藏尸体说三道四，恨得咬牙切齿。”

“问题看起来很简单，”波塞冬中尉说。“罪犯只可能是奥斯卡·勒科克。他是十一个与会者中最后死去的，他杀了其他人，然后灾难发生，死在门口。”

“可能吧，”雷斯垂德探长说，他继续闭着眼睛，抽着烟斗。

“这难道不是明摆着的吗？”

“您得当心您那明摆着的表象。夏洛克·福尔摩斯告诫我们，在没有充分查清所有事实之前就下结论，这是再危险不过的事情。先入为主的思辨是逻辑推理的大敌。接手一个案件得有纯洁的精神，对客观现象进行观察，然后根据我们的调查做出推论。事情很可能没有那么简单。”

“您已经有主意了？”

“请让我先查阅这些材料，容我冷静思考思考，”探长照样沉着回答。“而后我再告诉您我对本案的想法。”

波塞冬、弗利波和里加特利对雷斯垂德心怀尊敬，隔了段距离坐定，挺直腰板，双手放在大腿上，就像小学生在听老师讲课。他们耐心等待探长拿出破解谜案的办法，自己却毫无心思去解决问题，这种消极态度，与某些谜团小说的读者如出一辙。

正当探长双手捧起那堆材料准备阅读时，消防人员刚刚清除了窗外的积雪，只见一道白光透过窗户照进大厅，投射到一面玻璃镜子上，而后反照到一个枝形吊灯上，吊灯晶莹闪烁，光芒四射，于是各个角落的阴影被一扫而空，光照虽无许多精妙细节，但似乎有点机缘巧合的象征意义，预示着下面即将发生的故事……

阅读可以开始了。

第一天

5月4日　星期五

在福迷中间进行了几个月分散且秘密的调研之后，我想在美人根美景中结束我的调查。我的掩护身份无懈可击，可以近距离观察研讨会的各位与会代表。作为周末临时女雇员，凡是贝克街旅馆里女人能做的事情我都可以做，我可以变作隐形人，也可以在一群精英当中装傻充愣。我一路吉星高照，万事如意，可就在我离开火车站乘出租车快到旅馆时差点死于非命。我本应该从中看到不祥之兆……

一开始就暴风雪成灾，我打的是德国产大众出租车，车主弗里堡斯特恩先生是美人根出租车行的元老，车子老旧多病，长期“卧床不起”，二氧化碳排放量出奇制胜，堪比莫桑比克一年的排放量。后来，暴雪有恃无恐，铺天盖地，愈演愈烈，似乎要与臭氧层漏洞算总账。雪片如猛犸狂奔，好像自然母亲要横扫地球表面古老的污秽，清除那口啐在可持续发展脸上的浓痰。墨洛温时代的雨刮器正在大动干戈，防滑带钉车轮公然嘲弄路上的薄冰，出租车一路爬坡倒也没有失手，一直开到贝克街旅馆，受到了热烈的鼓掌欢迎，并享受到兑了水的烧酒的招待。弗里堡斯特恩先生同他的支持者一样，喜欢喝酒精浓度达到四十六度的李子口味烧酒（家庭自制），这种酒才有抗冻效果，只有喝这种酒才能在瑞士的悬崖峭壁上开着生命垂危的破旧老车而感觉不到压力。

压力，平心而论，在我的血管中真切地感到了这种压力在流动。当弗里堡斯特恩先生逍遥自在地在冰天雪地上驾驶他的出租车时，我咒骂起一头奶牛的七代祖宗，这头奶牛也许只为了不明不白的公牛通奸事件而跑到从日内瓦到美人根的铁路线上寻短见。其结果就是铁路成了屠宰场，火车延误了两个小时，而我不得不上了这辆出租车的贼船。

同我坐在一起的可不是小人物，鉴于他的脸尚未上封面，倒是可以让我放心。我对此人颇为熟悉，最近几个月，我对他进行了调查采访，他是一个原汁原味的福迷，是我职业生涯中最幸运的机缘之一，他就是格鲁克教授。

福迷卷宗——人物侧写：格鲁克教授

格鲁克教授，肩高一米五十，净重[①]四十公斤，是一条货真价实的变色龙。突出的大眼睛温情脉脉，细嫩的爬行动物皮肤和毛孔，对环境的适应性无与伦比（至于他的口舌，我从不敢检查）。而且，格鲁克对文学情有独钟：每次埋头读一部著作，他便会同作者或书中人物情投意合，以至于因此忘记自我而改变人格。

---

① 肩高、净重，是四腿动物身高、重量用语，这里显然有戏谑味道。

格鲁克的父母想起当年可怕的粉色丛书[①]对孩子所造成的危害至今浑身发抖，那些年，孩子一口气把木偶童话系列图书《唯唯》读完之后，宣称自己就是小木偶彭丹，要求每星期为自己上一次蜡。但真正出问题是上大学以后，格鲁克对十九世纪象征主义诗歌学有专攻，在撰写关于夏尔·波德莱尔名诗《忧郁》的论文期间吸鸦片上了瘾，自杀未遂，在勒阿弗尔海港被警察抓走，当时，他把自己打扮成信天翁，正要登上一只帆船，大声吼叫道：

“巨人般的翅膀反而阻碍我行走，该死的！”[②]

几个月后，有人发现他正要锯掉自己的一条大腿，硬说亚瑟·兰波的诗篇《幽谷中的长眠者》是在阿比西尼亚帝国的版图下面：

“大自然啊，请温情地抚慰他吧，他受了寒。”

后来他得救了，有幸遇到了夏洛克·福尔摩斯。侦探的聪明和逻辑的无情使他受益匪浅，他的亲友们一再劝他以福尔摩斯为榜样，稳定自己的情感。

当然，他起初是从不太为人所知的方面入手，比方说福尔摩斯离不开毒品，他喜欢举枪朝客厅四壁射击，但是，经过一段严格的戒毒疗程之后，还有房屋装修一新，格鲁克教授开始把精力集中在人物更健康的方面，那就是福尔摩斯强大的推理能力。

从此，格鲁克教授对遇到的所有事物都进行仔细观察，随时进行推理，兴致勃勃，以至于在酩酊大醉之后遗憾当时不够清醒。

---

① 粉色丛书是法国以低幼儿为主要对象的图书系列，大都是图文并茂的童话故事，因图书封面和收藏书架都使用粉色而得名。

② 典出波德莱尔诗集《恶之花》中的名诗《信天翁》最后一句。

最后，在大学学术小圈子里，有人嘀嘀咕咕说，格鲁克最近成了无可争辩的九级福迷，此前走火入魔的他曾对着老婆大叫一声："噢，是的，华生，我来了！"（从七级开始，福迷大都离婚。）

这样一来，格鲁克教授就成了波波教授研讨会上一个令人生畏的竞争对手。

5月4日 星期五

在那半死不活的出租车里，我们感到心烦意乱，为了减轻烦恼，格鲁克教授决定践行一下精神导师的推理术。夏洛克·福尔摩斯摆脱忧郁的办法就是全身心投入调查，直至忘记了现实，忘记了意外，忘记了在松软的雪地上或多或少失去了控制的出租车。作为福尔摩斯的忠实信徒，格鲁克自我封闭，把一切令人烦恼的外部刺激置于脑后，只把注意力完全集中在要科学解剖的调查对象上。对于内行人来说，离不开（家庭自制）李子酒的出租车司机，肯定是个有趣的研究对象。

出租车司机自出发以来一直没有说过一句话。他把握着方向盘，就像死死抓住一个救生圈，身上披着油渍斑斑的羽绒大衣，正处于醒酒过程中。他身材肥胖，体毛浓密，有一种久经沙场的肮脏，这辆破车的主人与他的劳动工具相依为命，格鲁克随时准备与克鲁马努人[①]搭讪，他似乎决定让司机大开眼界。对话录音

---

① 旧石器时代晚期在欧洲穴居的高加索人。

如下：

格鲁克：嗯……我看，您离婚后，您又回意大利寻根了。

出租车司机：对不起，您说什么？

格鲁克：您圣诞节游威尼斯本应该是一次好机会，可以回老家好好叙叙旧。

出租车司机：仁慈的上帝呀！您是算命的巫师啊，您怎么知道得这么清楚？

格鲁克：啊，啊。夏洛克·福尔摩斯在福尔摩斯探案集里也多次被当作“巫师”看待，其实，他的方法再简单不过了。让我向您解释一下，我是怎么得出这个结论的。

出租司机：我“掏”耳恭听！

格鲁克：您的长相……别具一格，您车子的个性装饰，同严肃古板的瑞士风格相去甚远，卫生讲究，无可挑剔，您的外国本籍一眼就能看出来。说您老家在意大利，那是因为您的后视镜垂挂着乘坐贡多拉船的圣诞老人，这让我确信无疑。挂件是簇新的，说明您最近去了趟威尼斯，留下了亲切的纪念。至于您的离婚，您的左手无名指有一环白痕，没有任何疑问，您刚刚与伴侣分手。我开始可能在离婚和丧偶之间有些拿不准，但如果是丧偶，在您的车内一定会有您太太的肖像。离婚就不同了，人们更愿意忘掉冤家的脸面，难道不是吗？您看看，就这么简单。夏洛克·福尔摩斯是怎么说的呢？“世界处处有明显的事物，只是人人视而不见。”

出租司机：您真行，令人印象深刻。

格鲁克：谢谢，这要靠实践。

出租司机：不靠谱，我坦率告诉您。我看到人行道上走过一溜烟的傻帽，而您刚才问鼎了头号傻帽。

格鲁克：我不明白……

出租司机：别着急，我说的自有来头。我手指上的痕迹，那是我戴的一枚骷髅头戒指造成的，今天早上，我的狗舔我的巴掌，把这枚戒指给吞了。好像同样令人惊讶的是，就我这副梦中情人的身段，我从来没有结过婚。说起这个贡多拉挂件，那是一位乘客刚刚落下的，我把他撂在他下榻的旅馆前，他急急忙忙去上厕所而把这东西忘在车上了。至于我自己，我是原汁原味的瑞士人，我从来就没有在意大利佬的土地上落脚过。如果说我开的是脏兮兮的老爷车，那不是因为不讲究卫生，而是为了同古板做斗争，古板可是人类的心头大患哦。至于您的夏洛克·福尔摩斯，真是烦死人了，我开始受不了啦，清晨以来，您是第三位在去贝克街路上对我进行推理的福尔摩斯微服私访者。呐，你的明白？

还用说嘛，此后一路就平静多了……

我们奇迹般到达贝克街旅馆后，格鲁克就躲进了他的客房，试图在里面挽回点颜面，而我在里加特利经理的权杖下干起了女用人的勾当。就是在经理的身边，我才有幸热情接待了另一位福尔摩斯事业的风云人物：约翰-帕特里克·佩尔舒瓦教授。

福迷卷宗——人物侧写：约翰-帕特里克·佩尔舒瓦教授

起初，上帝创造了天地，创造了男女，创造了鱼鸟，还有，直至创造了幽默之后，又创造了蛔虫和软性下疳。在六天之内，上帝像一个美丽的魔鬼一样东奔西跑（并借此创造了悖论）。每天早上，他看了看昨天的成果自言自语道：这是好东西，因为他还没有创造谦虚。最后，第七天，这种空前的创造激情已经发挥到极限（也正是这个原因），上帝创造了无所事事。这就是悖论冲突。

上帝自言自语道：这真是妙极了。不过，从此，就再也没有消息了。

又过了不知多久——大概一百三十亿年零六天两个小时——在一张人造革长沙发上，贝里地区的女教师玛德莱娜·佩尔舒瓦创造了他的儿子约翰-帕特里克，并自言自语道：这事太痛苦了。被从娘胎里驱逐出来的孩子浑身红扑扑、皱巴巴、黏糊糊；上帝缄口不言，没有任何评论。约翰-帕特里克·佩尔舒瓦——家族第三代，简称JPP3——在法国历史苦难沉重之际、家族沉沦之时长大成人。其爷爷佩尔舒瓦（JPP1）是第一次世界大战的老兵，他把全家人都留在战壕里了，全家都是短命鬼。“短命鬼”说快了变成“短鬼”，这也就成了他在咖啡馆的绰号，他成天泡在咖啡馆里消磨“树桩人”① 的人生。

JPP1的儿子——佩尔舒瓦的老爸，称JPP2——在反纳粹占领的抵抗运动中也留下了英勇抗争的伤疤：在贝当元帅发表投降演说之际，他的肺都气炸了，一下子敲坏了半导体，从此变成了聋哑人和集邮爱好者。至于约翰-巴蒂斯特·佩尔舒瓦，称JBP，JPP2的弟弟，也就是JPP3的叔叔，他从阿尔及利亚战争中回来后，与人民阵线一位魅力十足的积极分子进行体外排精时断了一

---

① 对截肢者的谑称。

条胳膊，通过此举向佩尔舒瓦爷爷致敬（即JPP1，后代子孙都这么尊称他）。

年轻的约翰-帕特里克连一场小小的战争都没有摊上，为了排遣自己是被牺牲一代的困扰，很早就沉浸在虚幻故事里。《长夜行》①、《木十字架》②、《马丁抵抗德国武装党卫队》等文学作品使他融入了家庭传统，直到有一天他背道而驰，父母发现他床头上有一部夏洛克·福尔摩斯的短篇小说集，他白费口舌为著名侦探的亲法倾向打圆场，白费口舌强调福尔摩斯法语说得很地道，没有外地口音，还津津乐道地指出，在《希腊译员》的故事中提到祖母是法国人，是法国大画家贺拉斯·贝内特的姐姐，而且白费心机地描述了描写大侦探在里昂、蒙彼利埃、巴黎、格勒诺布尔、斯特拉斯堡、尼姆、纳博讷、迪耶普等地逗留的细枝末节……但无济于事。约翰-帕特里克曾把英语引进佩尔舒瓦家族来，高卢公鸡因此吓傻了，要他在英法之间做出选择。他义无反顾，连眉头都没有皱一下。

在祖国之上，还有夏洛克·福尔摩斯。而在福尔摩斯之下，则一无所有。约翰-帕特里克走进福尔摩斯的世界，犹如信徒走进宗教。佩尔舒瓦家族不承认异教徒，于是约翰-帕特里克成了孤家寡人。孤家寡人只有唯一的目标——成为天下第一福迷——而且孤家寡人与他心中的秘密同在。这个可怕的秘密从童年就开始附体：约翰-帕特里克听到了一些声音。或者不如说只听到一种声音，那就是夏洛克·福尔摩斯的声音。

---

① 法国作家路易·费迪南·塞利纳的成名作，国内已有多家译本。
② 法国作家多热莱斯·罗兰战争小说名著，获龚古尔文学奖，已被搬上银幕。

至于每天需要注射浓度7%的可卡因，那是为了方便沟通交流。

约翰-帕特里克笔记本

亲爱的大师，能与您经常见面势必给我带来太多的快乐，也势必给您的名望造成太多的烦扰！我到贝克街旅馆只是为了证实这样一条普遍的真理：福学爱好者是人类的伤痛。倘若您见过旅馆经理，他曾认为，着“福装”仿福尔摩斯风格行事是何等聪明机智！我请您想象一下，一个留着小胡子的大胖子，裹着粗花呢的带披肩斗篷，缩着脖子，戴着猎装鸭舌帽的脑袋大汗淋漓，叼着葫芦烟斗，那个令人印象深刻的道具。

“欢迎光临贝克街旅馆！”他操马赛口音单刀直入，“我是路易吉·里加特利，是这家庭酒店的经理，我们祖孙经营已有五代了。”

“五代了？”我不胜惊讶，故意用当地口音套近乎（在小旅店此法容易见效）。“不过，您说话好像不是瑞士口音吧？”

“这是因为我打小跟着一个布列塔尼保姆，”他解释道，比划着翻烙饼的样子。

“啊？”我惊呆了。

“我开玩笑！”他放声大笑。“她是北方人！”

我需要几秒钟来消化这成屉的笑话，何况方言土语只能对付一阵子，于是我就干脆说：

“我预订了一间客房，预订人是……”

“让我猜猜！”装模作样者叫了起来，摇动着一个大尺寸的放大镜。“我正在练习夏洛克·福尔摩斯的推理方法。”

“那就练去吧，”我感叹道，决定一不做二不休，把好事进行到底。

“很有意思！”里加特利道，一边拿着放大镜顺着我的衣服上下照。“我先要对您说，您是来出席夏洛克·福尔摩斯研讨会的。”

“您从我衣服上看出来的？”

“不，在我的登记簿里。整个旅馆都给研讨会包了。”

“多聪明啊！”我气坏了。“为了最终说服我，您索性对我说，我是一个男人，因为我穿裤子；现在是下午两点，我的表上是这么显示的。然后，我们也许可以过渡到交钥匙了吧？我想去休息了，先道谢啦。”

“很好，我明白，”这呆子居然敢生气，口里嘟嘟嚷嚷。“请先生稍安勿躁，我去取住店登记簿。”

他取来他所说的登记簿，这短短的工夫，我的气也消了。然后，他和气地对我说：

“不管怎么说，我敢肯定，是弗里堡斯特恩先生开出租车把您送到这儿来的。”

“实在是高呀！”我挖苦道。“您从窗子里看到的？”

“不，是从您的衣领和右袖子上看出来的。每位乘客一到这里就会把胃里的东西吐得精光。您的客房里有去污用品。您还要点别的什么东西吗？”

此人的自负已经超过界限。堪称典范。

“我正要告诉您，您炫耀的帽子和烟斗对您来说极其别致，但它们与夏洛克·福尔摩斯毫无关系。”

受到了大智者的羞辱，里加特利只好仰天长叹。

“是电影传播了错误的形象，福尔摩斯在三十五次破案过程中的确抽过烟斗，但从来没有葫芦烟斗的描写。他也抽香烟和雪茄。

至于猎装鸭舌帽，著名的猎鹿帽，只戴过一次，那是在……”

“我知道，”里加特利有气无力地说，他终于意识到自己的滑稽可笑。“您的一位同事已经给我上过课了。”

“我的一位同事？无疑是鲍比·迈克哥纳罕。他有让人不舒服的习惯。”

“不。是一位女同事。您在酒吧可以看到她。一个叫冯……冯什么的……”

“冯·格鲁伯？伊娃·冯·格鲁伯！……”

福迷卷宗——人物侧写：冯·格鲁伯教授

伊娃·冯·格鲁伯对夏洛克·福尔摩斯一辈子都感恩戴德。命运嘲弄人，正是多亏了这个厌恶女人的侦探，她在这一领域才得以作为女人像鲜花一样绽放。有谁记得那个可怜的伊娃，不是有人讥笑这种成天泡在图书馆里的女性，双光眼镜、灰头土脸、身材瘦削吗？伊娃·冯·格鲁伯绰号“伊娃丫头”，教了十年书之后，她的许多同事依然把她当作初来乍到的黄毛丫头实习生，还有人叫她“伊娃安眠药”，因为她每次参加研讨会，总能收获肆无忌惮的呼噜声……

但是斗转星移，这都已经成为过去。她的地位在重新洗牌中发生了改变，她发表的《羽绒被下的夏洛克和华生》成了业界的标杆，获得了世界性成功，接着，她又把稿费转化为整容奇迹。现如今她已是“伊娃炸弹”，在全世界各大学雄性族群中撒播恐怖的种子，“伊娃魔女”、“伊娃流丽”等奇妙绰号在酷爱文学诗歌、绝对哲学以及维纳斯圆臀的文学博士口中遍地开花，他们五体投地拜倒在硅胶新塑的窈窕女郎半身像下。正如她老爱说的那句话："漫画对漫画，妙就妙在一对大乳房配一副大眼镜。"如果说在研讨会上，听众不一定是在听她叽里呱啦瞎白话，但在美的冲击下，也不会呼呼大睡了。先前那段"丑小鸭"的岁月让伊娃或近或远最恨那些浑身浸泡睾丸酮激素的群体。她怨恨男人，而男人却喜欢她，这大概很好玩吧。甚至连为她动手术的外科医生面对如此完美的作品也难免手脚失措。他真想抵近检查一下乳房刀口的愈合度，她那突兀的秀峰让他差点喘不过气。他惴惴不安，"伊娃出征"的复仇已经箭在弦上。

恰巧，美人根的研讨会提供了一个绝佳的比试场所。

5月4日　星期五

听到伊娃到来的唱名，佩尔舒瓦便迫不及待地下到大堂，一脸愚蠢征夫（征服者）① 的神态。他想在其他与会者到来之前讨个便宜，经验告诉他，过度饥饿的肉体应尽量避免竞争。他在大堂镜子前准备冲锋陷阵，在秃顶上矫正假发的披挂，将一颗薄荷口香糖投进口腔里，绽放出男子汉的微笑（但正准备去做牙齿去污手术）。

伊娃活像一幅装饰画，仰卧在红色天鹅绒躺椅上，一手端着一杯鸡尾酒，坦胸露肩，风情万种，犹如瑞士的高山与牧场和谐天成。明星帕梅拉的发型，模特安德森②的隆胸，紫色的裙衫露

① 这是一则法语文字游戏：法语 con(quérant)，包括括弧内的文字是征服的意思，去掉括弧内的文字则成了愚蠢的意思。
② 帕梅拉·安德森是好莱坞著名性感明星和模特，其发型和隆胸造型风靡一时。

出整形的新鲜大腿，活脱脱像是一个黑寡妇（或假金发女郎），正等待着猎物的到来。

初次见面，JPP 服务处。

“您好，亲爱的伊娃！”佩尔舒瓦先声夺人，他本想装得自然，结果却适得其反。

“日子过得怎么样？”

“瞧，这不是 JPP 吗？”伊娃闪了闪假睫毛说，睫毛锋芒能把苍蝇扎穿。“见到您太高兴了！”

“与您同乐，”佩尔舒瓦像英国绅士一样欠身致意，浑然不觉假发无情的沉重压力。

“可爱的 JPP……您可知道此时此刻大家开口闭口都在谈论您吗？您是我们小圈子里的大明星哦！”

“是真的吗？”佩尔舒瓦喜不自禁，连假发都高兴得摇起尾巴。

“迈克哥纳罕刚刚还问我，我们的伯尔纳德·苏比鲁[1]还好吗？”

“对不起，您说谁？”佩尔舒瓦如鲠在喉，气都喘不过来，假发尾巴开始危险地向一边滑动。

“您是不是老听到有人在说话？”

“可是……我没……”

“福尔摩斯在线吗？喂喂，JPP，这里是伦敦！”

“什么……您不是……”

---

① 伯尔纳德·苏比鲁原是法国露德修女，生前曾多次梦见圣母马利亚，并听见圣母对她说话。文中伊娃称佩尔舒瓦是伯尔纳德·苏比鲁，是为了讽刺他有幻听。

“您要表现得像让-巴度[①]，您要对我们发动进攻啊！您这个故弄玄虚的捣蛋鬼！幸好迈克哥纳罕处心积虑想从诸位朋友身上压榨点价值。就在上届马德里研讨会上，他听见您与福尔摩斯讲过话。似乎你们房间之间的隔板很薄很薄……”

铃响了，JPP暂时集中一下四散的思绪，抿了抿披头离散的发绺，然后神情不无尴尬地要走开。

“我真不明白您影射的是什么东西。我感到很惊讶，您居然对迈克哥纳罕之流的江湖骗术如此津津乐道。我感到遗憾，只好找夏洛克·福尔摩斯去，他说得好：‘女人的心神对男人来说是解不开的谜团。’据于此，我祝您成天如意。”

伊娃盯住JPP的眼神，直逼得他自尊心受伤，悻悻然离开大厅，临了又闪了闪假睫毛，穷追猛打道：

“让-巴度，告诉我，您刚才说‘男人’，到底是说什么东西？”

“我……我……”

“但愿这不是谎言连篇的广告吧？”

“您……您……”

“因为我讨厌假装的寻欢作乐。”

“不过，不过……”

“否则的话，可以见见他吗？您几点给他吃东西？”

约翰-帕特里克·佩尔舒瓦教授目瞪口呆，一脸晦气和沮丧，就像动脉瘤破裂前那样难受。现在，他的假发绺垂挂在一边，犹

① 让-巴度（Jean-Patou），法国著名的服装设计师和香水调制师。这里戏称约翰-帕特里克·佩尔舒瓦教授。

如潜水渔夫前额缠住了海藻。他接连张了好几次嘴，就是发不出一个音来，面对针插不进、水泼不进的伊娃，只好模仿石斑鱼装死，而伊娃则津津有味地表演着躺椅个人秀。

最后，是一丝残留的傲气帮他转过脚后跟，是求生本能的余孽引导他滑出机械的一步转入后台。JPP 刚才偷美不成反蚀了一把美，这可能是一生当中最惨烈的一次失利，其价值堪比几块美丽的纯天然黄金。

啊。福迷和女人的故事……

《夏洛克·福尔摩斯补白》（节录）

提到 F 这个字母，人们往往想到女人（Femme），而女人是福迷中的大谜，在福尔摩斯探案集中，福尔摩斯缺乏对女人的冒险经验。但对艾琳·艾德勒是个例外，她击中了他的致命弱点，他留有她的一张照片，他在《恐怖谷》中明确宣示："我不是伟大的女性崇拜者。"这种戒备心追根溯源来自女人的水性杨花，女人容易感情用事，而逻辑家最忌惮感情的不稳定。福尔摩斯控制力超凡，对女人不能不失之提防……因而使读者深感疑惑。因为，我们得承认，在这个世界上，还有什么比大人物的私密生活更能激发情欲呢？他们的私生活总能刺激我们无耻的窥淫癖。说得更肉麻一些，涉及夏洛克·福尔摩斯的根本问题是：处男还是非处男？

如果说有一个巴西作家乔治·苏亚雷斯在《这是常识，我亲爱的莎拉！》一书中把福尔摩斯塑造成命运的牺牲品，因为他顽固地拒绝放弃自己的童男之身，那么另一个就是法国小说家亚历克西斯·勒盖，他在《马克思与福尔摩斯》中让假马克思之女引领着福尔摩斯初谙人事。但荣誉却归属罗杰·法贡及其小说《福尔摩斯就范淫窟》。这里，我们的侦探登堂入主菲菲夫人的巴黎红灯屋，被吹捧为“坚船利炮”，于是洋洋自得，就势“测试”未来络绎不绝的客源，于是挥霍自己的时光写色情小说，其中最有名的就是《他们敢打布兰莱特女士的屁股!》

最后，福尔摩斯与华生的关系，居然被人想入非非，节外生枝。他们的特殊友谊被有些人上纲为“性受虐狂”（华生饱受朋友讽刺挖苦而无怨无悔），而被另一些人当作“神经官能性依赖症”（从《诺伍德谜案》可以得知，福尔摩斯在事先未告知朋友的情况下买下了他的诊所，从而加速了华生返回贝克街，伴他左右。）由此可以想象出某些蹊跷的打情骂俏，距离美国导演比利·怀尔德《夏洛克·福尔摩斯的私生活》中津津乐道之事只有一步之遥，电影中的福尔摩斯拒绝了为人父的建议，因而证实他搞同性恋……除非您认同美国侦探小说家雷克斯·斯托特在他一篇著名文章中的高论：华生是个女人!

夏洛克·福尔摩斯因此当列入性冷淡名人录冗长的名单，令人情不自禁地想通过锁眼试图偷窥其讳莫如深的奥秘：耶稣嬉耍马利亚吗？鲁滨孙乱摸星期五吗？丁丁爱抚米卢吗？

5月4日　星期五

佩尔舒瓦似醉非醉、踽踽跚跚离开酒吧，断定对冯·格鲁伯这样的女性只能悠着点适度消费。此刻，他看上去迷人依旧。他努力找回泰然自若的社会面具……这种积极的思想锻炼可以使他放弃自杀的念头。满嘴胡子拉碴隐蔽了他喃喃自语，祈求福尔摩斯保佑，无疑是在自我宽慰。他也许在说，刚才没有第三者在场——当然不包括酒吧女服务生，不过不必因小人物而自寻烦恼。

“最重要的，是在学界挽回面子……就在此时此刻，我听到有人高声说话：‘您说得对，大师，您说过，女人的动机是不可捉摸的。’”又有一个声音回答道：“而伊娃的情况有所不同，现象并不局限于动机。”

佩尔舒瓦大惊失色，目瞪口呆。他眯了眯眼睛，好像燃起天真的希望，恨不得让世界消失得无影无踪。反正有人见证了他的溃逃……不管是谁。

“啃？我们的圣女贞德好吗？”

那人就站在大厅门口，开着玩笑。JPP 重新抬起头来，不由一阵战栗，把假卷发都给抖顺了。他可是触了大霉头，这是鲍比·迈克哥纳罕啊！

福迷卷宗——人物侧写：迈克哥纳罕教授

迈克哥纳罕教授是他这一代人才中最为耀眼的精英之一，十几所大学的“名誉”博士，著作等身，其文献目录长达一庹，其文化蕴藏令《小罗贝尔词典》、《大罗贝尔词典》乃至整个罗贝尔家族[1]汗颜，特别值得一提的是他的名著《夏洛克和我，或当精英汇聚之时》。几个月来，他费尽心机解决一个老大难问题，着实

---

① 指各种版本的罗贝尔词典。

令他寝食难安，因为围绕这个问题，十几位研究有成的高手已经咬牙切齿，闹得不可开交：怎样才能与伊娃·冯·格鲁伯同床共枕呢？

应当承认，这涉及一锤子搞定一个名女人。因为一个专业教师的命运，只要他还有一点小小的雄心，就不能将一生归结在辛辛苦苦堆积起来的难以消化的出版物上。必须接受这样的游戏规则：大学是一个男性的领地，在这样的情况下，一张屡屡成功的猎艳表就成了加薪、竞聘、晋级的极佳途径。大学一年级选修课为辅导老师将手伸向女大学生提供了机会，更为老练的教师则在准备博士论文的研究生生源中挑选，而像迈克哥纳罕水准的教授们则在大腕云集的圈子里玩把戏。现在不再是吹嘘头衔的问题，大家瞄准的是高等级目标，那就是女性同行，虽不那么鲜嫩，但在国际层面收益颇丰。在大学教授圈子里积累征服的战果，是通往高校奥林匹斯山的可靠路径。不言自明，伊娃·冯·格鲁伯在大学排名里是金牌中的头牌，是大学竞技场中的翘楚。但是梯形教室里的悍妇是不可碰的或者说没有被碰过的。没有任何人得到过整形美人的青睐。好几位副教授盲目宣战而毁了自己的职业生涯。面对他们口中的讲坛牺牲品，他们倒经历了被羞辱、出局和被人遗忘。伊娃·冯·格鲁伯依然是一座未受侵犯的高峰，是珠穆朗玛峰的北坡①。迈克哥纳罕教授有精神上的强力武装，又有心灵上的安全带，他决定孤注一掷，尝试一次无氧登顶。他要么风光当选，要么风光不再。

美人根研讨会是付诸行动的理想场所。

---

① 珠穆朗玛峰的北坡比南坡更难攀登，大多数人都选择从南坡登顶。

5 月 4 日　星期五

在贝克街旅馆空荡荡的大厅里，两个男人正冷面相觑，犹如诗人用矛盾修辞法形容的那样，气氛震耳欲聋却鸦雀无声，两人一动不动，脸面紧绷，眉目紧蹙，约翰-帕特里克·佩尔舒瓦与鲍比·迈克哥纳罕互相观望着，仿佛没完没了的正反打镜头，又像里加特利酒吧前殊死决斗的前奏。在这个舞台上，刮起了阵阵带有意大利面条香味的西风，几分钟后，响起了意大利电影配乐大师埃尼奥·莫里康内的协奏曲，于是，两个男人中的一个咬碎尘埃，让“剧终”的字幕叠印在他那皱巴巴的怪脸上。

迈克哥纳罕一脸的美国电影明星样，撒过胡椒盐般的须发，他有十拿九稳的把握，知道他一走进阶梯报告厅，必然会引起一阵啧啧赞美声、公鸡母鸡调情声，有时甚至会激起做爱的叫床声。为了概括他的主旨思想，他出尽性感风头。但根据我的初步观察，佩尔舒瓦对其同事的观点就与女大学生大相径庭，可能是低级庸俗的荷尔蒙惹的是非吧。尤其是在此时此刻，他正处于男子汉争雄的是非之地……

迈克哥纳罕微笑的大幅特写（© 鲍比微笑注册商标），“食客、骚客、嫖客”这三重身份巧妙地融合为一体。他不得不使用三面镜子照自己，稍作调整，各得其妙。他也可以随时剑拔弩张，激怒自己的同行。他人的愤懑必然带来不稳定，后果是迈克哥纳罕占得上风，这正是他在所有人际关系中奋斗的目标（由于脆弱的心理原因，且篇幅有限，恕我在此不能展开细谈）。

“喂，你不是 JPP 吗？（© 鲍比微笑），难道没等伙伴们到齐就

开火了？真不够体育精神，这搞的……”（双份© 鲍比微笑）

“我不知道你在说什么，”佩尔舒瓦闷闷不乐地说，对迈克哥纳罕总是耿耿于怀，反应过敏，“我刚才是为伊娃接风。”

“你不要生气，专业选手开打前，总要你这样的人热热场嘛。”（前空翻，© 鲍比微笑）

“我来这里是为了夏洛克·福尔摩斯，别无所求。”

“不过，为了夏洛克也罢，与夏洛克同行也罢，都是一样的，我的 JPP！抛砖才能引玉嘛。难道你没觊觎福尔摩斯学教授的位子？”（阿克塞尔三周半跳，© 鲍比微笑）

“为什么不能？”约翰-帕特里克赌气说。

“行啊，JPP……这事关一个正在做着春秋大梦的五十来岁的小伙子。”（后空翻，© 鲍比微笑）

“讽刺挖苦够了！”佩尔舒瓦用耳熟的假声假气叫了起来。假如参加教授模仿大赛，准能拔得头筹。

“你很清楚，在生活里，有众多的福尔摩斯，也有众多的华生，有众多的大师，也有众多的门徒，有众多的先行者，也有众多的追随者，对此谁也无可奈何。”（侧肩举，© 鲍比微笑）

“也有众多的莫里亚蒂！我们最后在莱辛巴赫瀑布解决了那些莫里亚蒂！瀑布离这里只有几步远，你不想去转一转？”

“乌拉，这不过是打肿脸充胖子！情势变了，我们的 JPP！”（半自由旋转，© 鲍比微笑）

“研讨会上见吧，等我发了言，你就会老实多了！波波教授要选的是我！”

佩尔舒瓦离开大厅，在既是同行可也是敌手笑眯眯的眼皮底下，将一扇虚拟的玻璃门弄得咯咯直响。而后，迈克哥纳罕重新板起面孔，我听到他叽里咕噜道：“是的，研讨会见。为我，还有波波教授预备一个漂亮的惊喜。”

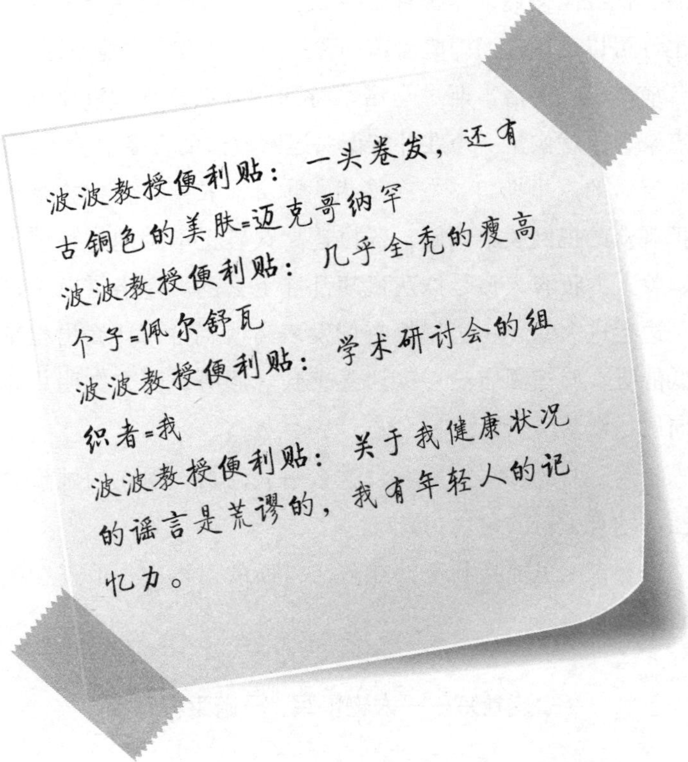

5月4日 星期五

约翰-帕特里克·佩尔舒瓦教授穿过大厅要回客房，他也许正在酝酿宣泄计划，比如用小小指甲刀戳坏两三个靠垫，他忽然发现一个熟悉的身影，那人正推开旅馆的大门。出于自救的本能，他立刻换上忧心忡忡的表情，就像大街上装出没看见熟人那样若无其事（眉头紧皱到抽筋的程度，咕哝着嘴巴，极尽装模作样）。然后，他冲向楼梯，尽管身后传来莫名其妙的喊叫声，这种叫喊声也许可以迅速疏通门庭若市的圣厄斯塔什教堂水泄不通的通道。

应该说，多洛雷斯·马诺莱特到达旅馆，若从审慎和自然的观点来看，就像是一个在外省街头巡回演出的女演员登台亮相了。量身定做的克里斯汀·拉克鲁瓦①贴身连衣裙，花枝招展，简直要把观众的视网膜给刺破，普拉达高跟鞋正辛勤地耕耘着大厅地毯，脸上的妆容大概是抹灰机胡乱抹上去的。多洛雷斯·马诺莱特一边走进大堂，一边振振有词发表高谈阔论，什么出租车都那么低能呀，旅馆酒店没一家让人感到舒服呀，西方文明总体正在走向腐朽没落呀云云。

孑然一身的多洛雷斯还没这么引人注目。现在的她顶着便便大肚，她有了新的角色：孕妇。

路易吉·里加特利正处在多洛雷斯的射程中，他正在抿几口小酒呢。

福迷卷宗——人物侧写：马诺莱特教授

一面是狂热的虔诚，一面是暴躁的脾气，多洛雷斯·马诺莱特既是基督徒，相信所谓黑武士属于绝地的力量，同时又是一个小小的忠实奴仆，受尽折磨。几个月来，多洛雷斯被一股仇恨的野火所蚕食，倒向黑暗一边。她萌生出原生态谋杀的动机，这种原生态无以比拟，只有低血糖的人有过，或者足球俱乐部的球迷

---

① 法国著名高级女装设计师，也是她经营的法国奢侈品牌。

有过，婊子养的吃粪裁判竟然偷偷少判了一个点球。这隐秘的痛苦折磨的源头是谁？她的同事，恶魔般的伊娃·冯·格鲁伯。

有那么几天，她像其他女人一样爱胡思乱想，突然招魂般想起淫妇被迫献祭前受折磨的小场景。多洛雷斯发起革命，劈头盖脸捣毁伊娃的大胸，就像汽车安全气囊意外爆炸后就再也无法修复了。直到伊娃进入市场之前，是多洛雷斯占领着学界研讨会“婚外偷情”的市场份额。在飞机上，人们对她高看一眼；在餐厅，她受到盛情款待；在酒店，她享受贵宾待遇。西班牙女郎的魅力也曾风光一时，野性的卷发也曾迷倒一片，但时间就是一个贪得无厌的赌徒，它不必作弊，总是赢家，这是铁律，诚如波德莱尔的《时钟》[①] 所言极是。身陷于这令人炫目的悖论之中，多洛雷斯的所失，正是她曾经的所得，她得到的是年龄，是皱纹，是体重。“换新草让小牛乐翻天”，图尔的诗人们抑扬顿挫地朗诵道，而伊娃·冯·格鲁伯的出现敲响了伊比利亚[②]纪元在大学斗牛场的丧钟。多洛雷斯被废黜后，只好向条顿人的斗牛红布鞠躬，这位上一任的选美女皇在挨了伊娃一连串残酷的投枪之后，最后承受了一剑封喉的打击[③]。

但最近几周，美艳动人的西班牙女郎重整旗鼓，跃跃欲试。在出发去瑞士之前，她到死海进行了矿物海疗，这使她恢复了信心。伊娃想要那顶桂冠吗？那伊娃就该来找她。在她的两角之间。

---

① 典出法国诗人波德莱尔的《恶之花》当中的《时钟》：“你记住，时间是欲壑难填的赌徒，百赌百赢，不必作弊，天经地义。”

② 西班牙就在伊比利亚半岛上，多洛雷斯·马诺莱特这个名字可以看出她有西班牙血统。

③ 这是西班牙斗牛的程序。斗牛士在看到牛差不多筋疲力尽之后，会用投枪戳在它身上，最后再一剑刺死牛。

她没有说最后一锤定音的话。还不到坐以待毙、束手就擒的时候。

美人根研讨会就是付诸行动的理想场所。

5月4日　星期五

路易吉·里加特利的日子不好过。福迷们说三道四叫他很恼火。他脱下帽子和呢子大衣，蜷曲在前台后面，不得不反思自问，面对咄咄逼人的不满情绪，他这一身朴素的衣装是否与自己的权威相匹配。

“给我把经理叫来!”多洛雷斯发难道，心平气和的口气俨然是个行刑队队长。

“我……我是经理，”里加特利一时语塞，那口气仿佛怀疑起自己的身份来了。

“您别开我的玩笑，我不是要幽默的。”

“我向您保证，那是我经过深思熟虑后的想法。”

“一个经理亲自发客房钥匙？露馅了吧……好吧，我就直接对您说吧：您注意到我的肚子了吗？”

“您……怀孕了？”里加特利冷静答道，暗中祈祷千万别和一个疑似肥胖症发生瓜葛。

“回答正确。您有孩子吗？”

“呵呵……有啊……”里加特利不假思索回答，可口气又像反问自己，将这样的信息透漏给一个潜在的精神病患者是否合适。

“您还记得您老婆大肚子时候的样子吗？”

“乌拉，当然记得!”里加特利放声坦言。他似乎被一片可怕的画面淹没了，也许他更愿意把这些影象忘掉。

“那好，我现在的情况也一样。”

“啊……”

“而且更糟糕。”

“啊……”

“难道还不明白吗?”

“很明白。”

“因此，您得打心里别为难我好吗?”

“我们会尽可能满足您的要求，亲爱的夫人，不过要知道，我们是一家家庭小旅馆，而且……”

“‘小’? 但愿您说的不是客房的情况?”

“放心吧，您的房间很……温馨。”

“‘温馨’?”多洛雷斯尖叫起来，和颜悦色却在恺撒色拉里挑毛刺，在鸡蛋里挑骨头。您这不是糊弄人吗，要让顾客将就一个小间呀，哼！关于我的房间，您就问您自己一个问题，那就是：我的房间是不是比伊娃·冯·格鲁伯的房间大?

“呃呃……”里加特利有些犹豫，带着话里有话的口气，也就是说，冯·格鲁伯夫人先您一步到达的呀……

“那又怎么样?”多洛雷斯捧着大肚子，那架势真像神风敢死队员要点燃炸药导火索。

“她要求房间最大……所以，最少的……温馨……”

“我明白了……”多洛雷斯把牙咬得咯咯直响，直到牙龈出血。“您跟别人一样，选择造物（造孽）的阵营。”

“为您效劳，”里加特利委曲求全地说，递给她一把钥匙，多洛雷斯从经理手里一把夺了过去，力气大得差点弄断他的无名指。

“我会记住这笔账的！您等着瞧好了，此前您毫发无损。”

经理在多洛雷斯的吼叫声中像霜打的菜秧一样蔫了下来，只见她挺着大肚子狠狠地敲打着柜台，全然不顾及对酒店设备和肚子里的孩子应有的最起码的尊重。

“瞧，多洛雷斯，您好，”又一位新来的顾客进入大堂，灰头土脸的，肯定受尽了弗里堡斯特恩先生出租车的厚待。“有什么不顺心的事吗？”

“罗德里格兹吧？”多洛雷斯说着转向来人，满脸疲惫不堪。“好着呢，我什么都不缺，只缺您啊！可以肯定，今天，我会安然无恙。我让您先同旅馆业的莫里亚蒂办手续。你们俩肩并肩，对我来说，人太多了。”

于是多洛雷斯走了，怀抱着气球，摇摇晃晃，朝着贝克街旅馆温馨的巅峰慢慢攀登。

福迷卷宗——人物侧写：罗德里格兹教授

乔治·罗德里格兹教授在学界以相貌丑陋闻名，其面目曾差一点引起公共交通混乱，他的潜在诱惑力大概和莫桑比克腔肠软体动物不相上下。披着一张软趴趴的罪犯脸，他似乎一直在融化，犹如专为游客而开的煎饼店那一张张油腻腻的桌子上摆放的手工蜡烛。鼻子伸到嘴巴的位置，一只眼高，一只眼低，退化的双耳，罗德里格兹如落花流水一路低走。

相反，罗德里格兹的内在美则是无可非议的。放射科大夫的内脏检查都证明：他拥有年轻小伙子的肺，完美的肝脏，富有竞争力的胰腺，双肾可自我牺牲进行器官移植走私。这就是为什么他不该失望的原因，尽管四分之一世纪的独身让他有几分忧心，但他只需要等待，等待内在美成为时髦，或者说等待人类都变成瞎子。因此，现在只是时间问题。

在福学领域里，罗德里格兹是一个准星。其实，独身有许多优点，其中之一就是独身会让您有时间完成您的工作。这样一来，罗德里格兹就比参加学术讨论会的所有代表提供的文章要多得多，但是——而且这是学界很沉重的生理缺陷——他跟少之又少的女大学生睡过觉（最后记录总数为零）。那些在智力上稍逊一筹，但魅力更甚的同事在罗德里格兹头上投下一片阴影，后者默默无闻地等待着自己的时机来临。

而他的时机，诚如他胸有成竹，已经临近了。他正是带着对夏洛克·福尔摩斯种种全新的启示来参加美人根研讨会的。如果不是因为他祖母说漏了嘴（而我呢，因为老太太很多嘴才得知），谁也不知道这位老实人的行李箱里可能有一枚真的炸弹。

美人根研讨会就是引爆炸弹的理想场所。

5月4日　星期五

罗德里格兹教授尽量安慰了被多洛雷斯抢白了的酒店经理，之后，离开大堂朝自己的客房走去。离波波教授主持的接风宴尚有一个小时可以支配。据我所知，这个大好人是利用这段空隙去休息片刻。不是因为旅途劳顿，而是他养成了这个习惯。

的确，乔治谨记妈咪的嘱咐，在受苦受累之前，不妨先养精蓄锐。

他登上楼梯，就像攀登生命之梯，脚下软绵无力，没有把握能到达人生巅峰。可是，刚踏上第一级台阶，他发现时间静止了。肯定发生了什么事，罗德里格兹好像浑身在抽搐。我朝楼梯顶上一看，这才真相大白。

原来刚才是伊娃·冯·格鲁伯穿着（透视）晚装，启动声门对乔治发出咯咯叫。在另外几次研讨会上，他们俩早有接触，她早已激发了他的配子①，不过这次，反应更剧烈。唯一的解释是：伊娃的“气球”最近鼓鼓囊囊的。

一个小明星曲腿扭腰的动作与下楼梯的身姿配合得天衣无缝，各种意念也许在罗德里格兹脑海里进行激烈的碰撞（这使他的双耳直呼扇）。可我要，乔治！一个如此鲜亮的女人足以让你赶超所有人的注目！她为你的生活重新赋予了意义。她会把你塑造成另外一个男人！别傻乎乎地做美梦了，你最好重新审阅一下你在研讨会上的讲稿吧！但当两人在第十一级台阶上擦肩而过之际，当两具撩人的肉体近在咫尺之际，乔治一览无余地看到了伊娃的一口白牙。一种疯狂的希望唤醒了罗德里格兹的全部海绵体。各种可能性就像涂脂抹粉的艺伎手里的扇子一般逐一展开了。贝克街旅馆沉浸在热火朝天的情色当中。

可能……是的，这个女人有可能喜欢有竞争力的胰腺？

---

① 配子是指生物进行有性生殖时由生殖系统所产生的成熟性细胞。

伊娃·冯·格鲁伯的笔记本

——佩尔舒瓦：今天终于消停了。想明天再接再厉，这回将在公共场合（在他的秃脑门上安个小开关，同男性交往很有效）。

——迈克哥纳罕：不信任，很艰难。避免正面进攻。引诱，下钩，然后提杆，叫他啃泥巴。

——波波：头号目标，索邦大学肉体目标。当心：老家伙奇迹般站起来了，小心操纵。

——罗德里格兹：不坏。同情不可避免。尊容抱歉：权当回忆寒酸岁月。

——多洛雷斯：在过道相遇，怀孕了！有可能抢劫了精子银行，我看没有别的解释。

多洛雷斯·马诺莱特致圣-弗若修道院院长的信

神父：

两遍圣母经，三遍天主经，四改道袍，都未能使我平静下来，我只好转向您，对您忠实地忏悔，希望找到安慰（感恩上帝）。在我遇到困难的时候，您总是支持我，从我悲惨的吸脂減肥到吃圣体餐消化不良，我知道您会听我祈祷（光荣归于你，主。）

时事危艰，神父。这里将发生一些可怕的事情，我感觉到了。有一个魔鬼在走廊里游来荡去，要把人引向他布下的阴险圈套。好几个月以来，她摇身一变为妖女，愚弄世人。伊娃·冯·格鲁伯为了脱胎换骨，已经将灵魂出卖给了恶魔，而我没有预算来继续修复工程。

就是在周末，在美人根研讨会期间，她打算“一弹解千愁”，把福学教授的职位搞到手，而这个职位理当归我。多洛雷斯时刻警觉着！我加入了神圣的十字军东征队伍，我的胜利就是天主战胜黑恶势力的胜利！刚才我在走廊上碰到了这个造孽妖女，她不能自已，放肆地宣泄她那恶毒的恼怒。

“瞧瞧，多洛雷斯，您怀孕了？像您这样的年纪？”

“亲爱的伊娃，收敛您的情绪吧，人家会以为您嫉妒呢。”

“这不是妒忌，这是欣赏。我还不知道科学已有这么大的进步。”

“不过，只要您看看您自己，就会明白，所有的界限都会被打破。弗兰肯斯坦博士[①]还好吗？”

“我会问问他是否可以帮您分娩，他习惯了恐怖景象。”

“他的确需要很大的勇气来关照‘伊娃—碱液桶’，阶梯教室的恐怖。这不正是您的雅号，难道不是吗？”

“您可以老是这样开玩笑，”爱损的女人辩解道，我刺痛了她的要害。“但是，您既要照顾幼童，又要承担福学教授的讲课任务，对您来说，却也是够困难的了。您还是马上宣布退出比赛吧，难道您更愿意在波波教授面前出丑？”

---

①《弗兰肯斯坦》，又译为《科学怪人》，原是英国诗人雪莱的妻子玛丽·雪莱在1818年创作的小说，被认为是世界第一部真正意义上的科幻小说。

尊敬的神父，时不我待！我微微一笑，看了看花样翻新的下流坯，砰的一声抢先在她之前把门关上，让她碰了一鼻子灰：

“您搞错了吧，我可怜的伊娃。大家都知道，波波教授有二十三个孩子，还有什么能比一个女人怀着生命更让他激动呢？他真的崇拜孕妇。好了，鼓起勇气投入竞争吧！”

没有必要给您描写伊娃的头、打过肉毒杆菌暴怒的面目，这也许不是基督徒的做法……谢谢您听我倾诉，尊敬的神父，我感到我的内心恢复了平静。我充满了信心，准备去参加欢迎晚宴。我知道伊娃最终会放弃，至善将获得胜利，我的道袍将完扣。阿门。

5月4日　星期五

贝克街旅馆是福尔摩斯信徒礼拜的殿堂。很难想象在历经这个毁灭性的周末后会变成何种模样，但我们星期五抵达的时候，这个地方的确令人印象深刻，特别对于那些热衷赝品、刻奇和高雅事物的爱好者来说。路易吉·里加特利在酒店四壁到处展示夏洛克·福尔摩斯的文物，这让福尔摩斯信徒们激动不已，赞不绝口。大门上头，居中供奉着一尊福尔摩斯的半身像，雕像出自奥斯卡·莫尼埃之手，在《空房子》中正是利用这尊塑像让莫兰上校上了钩。福尔摩斯虎视眈眈监视着对面墙上的装饰品：巴斯克维尔猎犬的遗骸，一边是玻璃罩子下的烟斗，另一边带字幕的影片。那边，有一张艾琳·艾德勒剧照，正眨巴着眼看向西德尼·佩吉特[①]画的大侦探肖像；这里，一支注射器、一个放大镜和一把小提琴，以漫不经心的姿态显示着自己的代表地位，旁边是各色各样的匕首和手枪。大厅中央有一个可观的养鱼缸，水面上漂浮着一只狮鬃水母，它之所以为人所熟知，是因为在夏洛克·福尔摩斯倒数第二个案件[②]中出现过。至于华生大夫，他并没有以圣人自居，不需要旁人的顶礼膜拜。他的医用挎包成了酒吧的装饰品，他在伦敦查令十字街考克斯有限公司的银行保管库里存放的白铁皮文件箱[③]，现在用来装零食小吃了。经理先生结束了他的导游巡礼，洋洋得意地介绍起双重安全系统，一是身后英国国旗如林招展，告诫外面闲人免进；二是高奏《天佑女王》国歌，杜绝里面一切闲言碎语。总而言之，他甩出一手大牌要让福迷激动不已。

大家在等波波教授（他可能正在房间内翻箱倒柜，想要找回自己迷失的灵魂）到来的空当，福迷们像死刑犯一样无拘无束地一一核实这些文物。没有人说话，没有人打照面，室内静得连苍蝇都不敢起飞。可以把这种氛围确定为“冻结”，如果说以前还算比较热烈的话，但到了零度之下，形容词恐怕也会用光的。

格鲁克教授受尽出租车折磨，好不容易休整过来，因此比别人晚了一步进入大厅，他发现时间停滞了。他太熟悉这些冤家死对头了，这个周末他必须战胜他们。于是他一个接一个地看过去，他有观言察色的天赋，从来不会轻易放过一次抵近侦察的机会……

---

① 英国插画师，曾为《福尔摩斯全集》画过插图。
②《狮鬃毛》命案中，狮鬃水母才是杀死科学教师的元凶。
③ 这个情节出现在《雷神桥之谜》中。

伊娃·冯·格鲁伯全神贯注盯着一个大黑烟斗，做出一副蒙娜丽莎的神态，神秘的眼神，莞尔的微笑，胶原蛋白滋润光滑紧致面膜效果。豹纹夏装长裙，透露出好辩的个性，俨然福学教授头衔势在必得的派头。在她身后几步距离，站着约翰-帕特里克·佩尔舒瓦。他念念有词，嘴唇动作表明他正在与来世热线沟通，他展现的面部组织血管异常，显然就是伊娃·冯·格鲁伯以后的趋势，整容后遗症。

多洛雷斯·马诺莱特站在夏洛克·福尔摩斯女房东哈德森太太肖像前驻足欣赏，炫耀自己的心机彩妆，显示出对表现主义绘画有某种喜好，暗示自己的浴室照明明显不足。

至于迈克哥纳罕，他正注视着播送夏洛克·福尔摩斯的电视屏幕和贝锡·罗斯①在死亡列车上的表演。这个可憎可怕的迈克哥纳罕招摇着厚颜无耻的富含胡萝卜素的黑黝黝美肤，频频出现在各研讨会上。这是最强有力的候选人，要打倒的汉子……在他旁边，罗德里格兹教授大摇大摆正寻找一个要进行强度和深度并重的观察对象（当然也要便于他那可收可散而且飘忽的斜视）。他的外观还在退化中，以至于人们不禁要问，他是否故作姿态，为大家提供了一个新物种。

格鲁克教授微启朱唇，向自己的同行们打招呼，得到的是几声冰冷的“晚上好”，然后他细细端详起一只肥壮的旱獭，大家还以为是苏门答腊的大老鼠呢，忽然听到后面有人羞答答地向他问好。格鲁克和同行们同时转过头来，目光对准一副大架子眼镜，看起来戴这副眼镜很不舒服，格鲁克便靠近这位年轻人，情不自

① 英国演员，出演过一系列的福尔摩斯电影。

禁地开始了推理活动，从头到脚对受害者进行扫描，得到了一堆关键或非关键的信息。

“什么也别说，”格鲁克单刀直入。“好嘛，您的衣装粗糙，鞋子肮脏，气味……很原始，庄稼人土音。对，就是这样……您是当地一个年轻农民，您和您的羊群遇上了暴风雪，于是您躲进了这家旅馆来避难。您没有上过学，您极少离开山区老家，在大雪弥漫的环境里完全迷了路。我猜得对吧？”

“不完全……”年轻人有些犹豫，一时不知道如何是好（于是只好原地不动）。

“呵，可能是羊群错了吧？您放的是奶牛？”

“哦呵……实际上，我是来参加研讨会的……我叫奥斯卡·勒科克，我写了一篇关于夏洛克·福尔摩斯的论文，我是蒙彼利埃大学老院长的儿子……我搭的出租车半路出了点小事故，撞上了一群羊。牧羊人赶着羊群，带着我步行到这里来的。”

“啊哈，啊哈，羊群！”格鲁克高兴极了。“我就有把握嘛！”

其他老师都为自己的同行破案新成就鼓掌，同时闻到了诱人的气味，都向奥斯卡靠拢过来，口气大同小异：

“瞧，研讨会来了一位童男？”迈克哥纳罕说着抛出了除皱手术后的“鲍比微笑”。

“这个称得上是对入学新生的小小戏弄，”伊娃·冯·格鲁伯脱口而出，舌尖舔了舔嘴唇。

“特别是一个儿子替父出征，”佩尔舒瓦添了一把火。

“实际上，”奥斯卡红着脸说，“我来美人根是情势逼迫的结果，我代替我父亲，完全没有想到，他老人家遭遇意外事故。”

“是的，我们都明白，”佩尔舒瓦同情道，内心的幸灾乐祸却难以掩饰。

“就在我动身来美人根之前我还去看望他，他依然疼得不行。”奥斯卡继续说，“很明显，他很失望。”

“很明显，”格鲁克附和道，神色凝重。

“可怜人，”伊娃伤心地说。

“我们会想念他，”多洛雷斯随声附和。

“让我瞧瞧这群伪君子！”迈克哥纳罕冷笑道。“别再装模作样了！诸位同我一样，因我们同行的缺席而高兴！”

“别在意，”多洛雷斯对奥斯卡说。“迈克哥纳罕是一个爱挑事的人，不要上他的当。”

“我跟您父亲没有任何过节，我的小奥斯卡，如果这样可以让您和您的监护人放心的话，事情很简单，索邦大学的教授岗位少了一个竞争对手，谁也不必怨天尤人。”

“可恶！”佩尔舒瓦愤愤不平。

“您真是个怪物！”多洛雷斯嚷嚷道。

“您倒是挺有良心，多洛雷斯，可我刚刚还听见您问酒店经理，满怀希望的样子，杜里厄教授有没有取消……”

“这倒是真的，”佩尔舒瓦说，“他没到吗？”

“他因下雪而迟到，”多洛雷斯解释道，颇显难堪。

“得啦，”迈克哥纳罕说，“你们就承认了吧，你们恨不得他坐的飞机摔个粉碎。说点真话对你们有好处。”

“这是不可接受的！”多洛雷斯肺都气炸了。“我不再听您胡言乱语！”

“您该冷静下来，”格鲁克插进一杠子，“我好像听到波波教授在大堂里。”

“是的，他到了！”伊娃证实道。

“立正，先生们—女士们，”迈克哥纳罕说，“但愿优者优胜！”

福迷卷宗——人物侧写：波波教授

波波教授是索邦大学的院长，有讲坛上的雅娜·卡尔芒[1]之称。波波教授耗尽了几代接班人的心机，他们苦苦等待，望眼欲穿。二十年来，他的退休日期宣而复宣，一推再推，变得与《最后的审判》[2]同样神秘莫测，有位见证了耶和华的教授预言，两大事件将在漫天火雨之际同时发生，预计在后天与世纪末日之间。

然而波波神话气数已尽。每天早晨，教授得用点时间来复习自己姓甚名谁，记住出门该怎样着装。不过，大批量使用便利贴当备忘录，使他多少产生点阴差阳错。如果不是女秘书把他从纸板箱中解救出来，波波恐怕就得通过邮局来瑞士了。

神志清醒的时候，波波教授还颇有自知之明，知道自己的丧钟已经敲响。但就像老迈的雄狮沉醉于权力，他还是想要抵抗衰老和浪潮，临走时必须留下一道足迹。那一众精英同事已经走投无路，无计可施，只要他对他们提出要求，他们很可能会接受将“索邦”改为“波邦”，教授已经商讨过设立一个名叫“波波”的

① 雅娜·卡尔芒（1875—1997），法国有效档案证明的女寿星，活了122岁又164天，获吉尼斯世界纪录大全“世界最年长者”封号。

② 基督教义说，耶稣被钉死后复活，升入天国，他在天国的宝座上开始审判凡人灵魂。此时天和地在他面前分开，世间无一阻拦。大小死者、幽灵都聚集到耶稣面前，听从他宣读生命之册，裁定善恶。凡罪人被罚入火湖，做第二次死，即灵魂之死；凡善者，耶稣赐他生命之水，以求永生。审判之后，天地将被更新。

新职位来换取他的辞职：开天辟地设立第一个福尔摩斯学（简称福学）教授职位，正式研究华生医生作为著作人、夏洛克·福尔摩斯作为真实人物的著作。当然啦，此举必然在大学告示栏下引起咬牙切齿，掀起轩然大波。

虽是丑闻，却能招致至善至美的崇敬，何乐而不为呢？

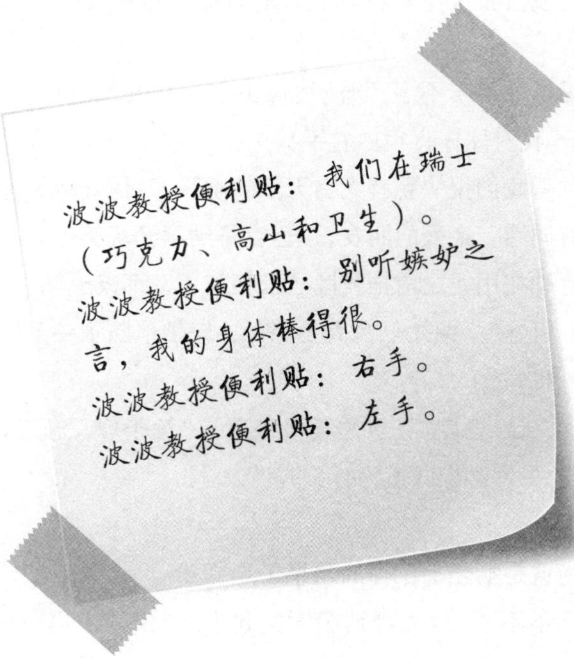

5月4日　星期五

迈克哥纳罕教授愤世嫉俗的犬儒主义在大厅里吹出一阵新的不受欢迎的寒流。客人们低头看看自己的鞋子，似乎寒气从脚下往上顶。于是波波的搞笑让大家松了一口气。

“就像我老说的那样：巧克力、高山和卫生，这就是瑞士！”大厅里响起一个颤颤巍巍的声音。

“可别忘了贝克街旅馆哦！”另一个人热情洋溢地说，十分的阳光。

“啊，波波教授与无能为力的里加特利同时到达，”多洛雷斯下注脚说。

“我无论如何忘不了，”波波像山羊一样发颤音道。“切勿听嫉妒之言，我身体棒得很。右手！”

“我觉得我们很快就有大白天下的院长，”伊娃冷笑道。

“颇有同感，亲爱的朋友，”迈克哥纳罕开玩笑道。

“千万别在用餐之前把我肚子都笑鼓了，都鼓成球了。”

“您，伊娃？”佩尔舒瓦大为惊讶，轻佻地瞄了一下她的领口。“鼓成球？我好想一探究竟……”

“有趣，让-巴度，”伊娃笑咯咯道。“关于球，您最好应该关照一下您的头发。您知道为什么吗？”

“我不……”

“因为这是脑壳上仅存的硕果了。”

“不不不不！”迈克哥纳罕大叫起来。“伊娃·冯·格鲁伯这一飞球踢得太漂亮了，守门员啃草皮啦，真是绿茵场里的狂热！”

在福迷神庙里面，面对异教徒们的嘲笑，被钉在十字架上的JPP闭上了眼睛，也许是为了在圣父夏洛克·福尔摩斯的怀抱里寻求安慰，也许是为了选择一种特有的表白方式，类似“别宽恕他们，因为他们太知道他们在干什么”。但注意力突然从殉道者身上转了向：波波教授进入大厅。

每个人都能欣赏到波波教授那图坦卡蒙[1]的皮肤、淋巴发炎的嘴唇、粗糙凝固的眼睛和天生的弓背。人类在没完没了的论战中居然能有取得共识的奇迹，波波教授让大家同意：所谓一致，这只是零碎的片面。为了不发生妒忌——因为大自然母亲喜欢正义——波波教授的衰老并不局限在他个人的形体上，也表现在愚钝上。然而，权力的愚钝将改变一切。

腰椎间盘突出的卑躬屈膝、露牙龈的微笑、清仓大甩卖似的溜须拍马，大学学者个个精于此道，欢迎他的到来似乎顺理成章，因为他们的命运皆掌握在他那有关节炎的手掌当中。这样一块抹了果酱的面包必然要引来蚊蝇群起追逐，波波教授遇到了一群嗡嗡乱舞的逐臭之徒。

"晚上好，亲爱的教授！见到您太高兴了！"多洛雷斯兴高采烈，摇着大肚子就像招摇奖杯。

"晚上好，康奇塔[2]，"波波教授答道，"关于我的健康状况的传言纯属无稽之谈，我的身体棒得很。"

"我毫不怀疑这一点，但我叫多洛雷斯……"

"谢谢康奇塔，"伊娃打断了她的话。"那就让波波教授喝一杯。"

"我能为您做点什么？教授？"

"您要点橄榄？"

---

① 图坦卡蒙，埃及第十八王朝的一位夭折法老，其坟墓历三千年从未被盗过，1922年却被英国人发现，挖掘出五千多件珍贵陪葬品，轰动全世界，而先进入墓室的人莫名其妙倒毙身亡，从而被西方媒体渲染为"法老的魔咒"。

② 影视明星，浑身珠光宝气，曾身陷一场遗产大战的漩涡中。这里指多洛雷斯。

“您来点薯条？”

“左手！”波波给当头棒喝。

伴随着饭前小食，展开了一场或高明或低级的争宠，终于到了正式入席时间。犹如运动会音乐伴奏入场式那样，席位之争开始了。目标：争取靠近波波教授桌席，以便与波波展开战略靠拢，进行诱惑攻势，嗓音和羽毛双管齐下[①]。

不过圆桌宴席不允许竞争对手事先占据有利位置，波波教授的座位依然没有定下来。因此必须等待院长做出选择后才能捷足先登占领毗邻座位。老迈的碎步就像小步慢跑，他首先绕桌子转一圈，好像是在侦察地形，而出席晚宴的人则屏声静气肃立着。当他开始第二轮侦察时，来宾个个诚惶诚恐，烦躁不安：看样子马上就要着陆了。可是，令大家大吃一惊的是，波波却口角带着微笑，在众目睽睽之下开始了第三轮侦察巡视。难道波波是在寻找一个理想的位置，作为大师的风水宝地？抑或他压根儿就忘记了他为什么要兜圈子？鉴于教授已经进入头脑僵化阶段，第二个推断似乎最有可能，人体动力学规律不可不重视：老朽最终垮于疲劳过度。

就像轮盘赌让夜总会赌徒们着迷一样，气喘吁吁的来宾忐忑不安地等待波波的投球。“赌盘一转，听天由命。”迈克哥纳罕嘀咕道。气氛已经紧张到极点，很快就会有分晓：究竟谁能大获全胜……除非……有人出老千？正当大家沮丧之际，多洛雷斯·马

---

① 典出拉封丹寓言诗《乌鸦与狐狸》中狐狸吹捧乌鸦的话：“假如您的嗓音同您的羽毛一样迷人，那您就是林中的凤凰。”

诺莱特决定腆着肚子打断元老的兜圈子。这个肚子就像防波堤坝，将争宠的人群分开，同时获得了别人的同情：“噢，我觉得孩子在肚子里乱动了！劳驾您扶我一把让我坐下来，亲爱的波波教授，您真漂亮！您太帅了吧？[①]”

温柔点亮了波波的眼睛，多洛雷斯呻吟着坐了下来，老院长也就势坐定，同时拍了拍她的手，周围的人则蜂拥而上。多洛雷斯得天独厚坐在圣父的右边，圣父左边的席位就成了争夺的热点。格鲁克手快，迈克哥纳罕眼快，而罗德里格兹早就失态欲捷足先登。但波波只用了所罗门的一个手势就很快结束了这一场纷争：“冯·格鲁伯小姐，您是否肯赏光？”说着，他打了一个手势指着身边的空座位。

不用说伊娃喜不自禁。而雄性先生们则对她挤眉弄眼做鬼脸。

约翰-帕特里克·佩尔舒瓦笔记本

大师，今晚这顿晚宴是一场考验，它让我感觉到，您远离世俗是多么有理。被夹在两位亚马孙女杰[②]中间，波波教授受到了视觉和听觉阻隔，只好在美人丰满浑圆的迷人诱惑中稀里糊涂地吃完晚餐。一席晚宴上细细观察，两只雌螳螂架着一位雄老朽进入口角运动场，其效果很难出现转机。尤其是正当老朽就要决定您的命运的时候……

---

① 模仿拉封丹寓言诗《乌鸦与狐狸》中狐狸吹捧乌鸦的口气。
② 亚马孙是古希腊神话中的女人国，国民个个英姿飒爽，英勇善战。这里是指出席晚宴的两位女性福迷。

至于福迷同行们的谈话，大都是陈述他们对福尔摩斯探案集的学术见解，而迈克哥纳罕则居心叵测，提到的问题全是企图将竞争对手拉入陷阱，从而达到混淆波波教授视听的目的。“看看，我们的菜单上居然有牡蛎。哦哈，格鲁克，您还记得福尔摩斯兴致勃勃谈及牡蛎如何厉害的事情吗？他惴惴不安地说，这些牡蛎将入侵世界！这是哪一个案件来着？”您看看这水平。在这种情况下，您就能理解，上一道甜点对我来说就是一种解脱……

此时，一位瑞士女志愿者服务生试图点燃一盘挪威油煎荷包蛋，波波教授一而再再而三起立终于遂愿。波波教授用标准的帕金森患者优雅的手势，敲一敲香槟酒杯，让全场安静下来。后来敲碎了两个杯子和一个瓶子，全场终于安静了下来。

“亲爱的朋友们，我对你们能出席福学高地聚会，表示衷心感谢，所谓高地是指这里是莱辛巴赫瀑布所在地。真是无巧不成书，今天是 5 月 4 日，正是福尔摩斯在莱辛巴赫瀑布殉难的纪念日。但愿这个日子不是凶兆。说得更严肃一点，我把你们召集到这里召开研讨会，并不只是想同你们再见见面。不……这……哦哈……这也是……”

波波出现了小空白，他摸了摸所有的口袋，看样子是寻思他要说的就在口袋里吧。餐桌出现了冷场，女服务生渗出了冷汗（因为她很难点燃荷包蛋，她并不是一位会来事的姑娘。）

“也是想同你们再见见面。”老人终于说出来了，样子很放松，几张便利贴掉在了桌面上。

来宾们个个笑逐颜开，应该授予伊娃·冯·格鲁伯大奖，她像鸭子那样摇唇鼓舌，女服务生也春风得意，她终于点燃了自己的围裙。波波咬了咬假牙接着讲话：

“亲爱的朋友们，我向你们致以我的……我……，不过，如果说我把你们聚集在一起……左手……我……我有一项庄严的事情要宣布……哦哈……亲爱的朋友们！谣言不胫而走，也许你们早有耳闻了吧?”

怀疑的目光你争我夺，装模作样的惊讶，漫不经心的否认。格鲁克的反应很特别，只听他一声：“啊，是吗，一个谣传?”真有点妙过火了。女服务生懒洋洋地放弃了她推荐的荷包蛋，索性把一瓶水倒在胳膊上。

“我下个月就要退休了……”

各种抗议纷至沓来。这是颁发给罗德里格兹教授的大奖，因为他发明了那句名言：“噢不！我的心在流血!”煎鸡蛋没白吃。

“我总得最后为福尔摩斯做一次努力，我为他贡献了毕生精力。正因为如此，我非常骄傲地向你们证实，我得到索邦大学的批复，开天辟地要设立福尔摩斯学教授职位!”

热烈的掌声。好极了的高叫。带头的是奥斯卡·勒科克。

“因此，我奉命来倾听你们的意见，你们是最优秀的专家，我要选定他或她荣任此职。”

座位在颤抖。两颊高度紧张。煎鸡蛋开始摇晃。

“没有必要对你们说这个任务有多微妙，有多热门。我知道，你们大家都能胜任此岗位，因此，我只有一句话要对你们说：祝你们好运！而我的身体棒得很!”

说完最后这些话，波波累倒了，煎鸡蛋也累倒了，而我呢，我本以为最糟糕的时刻已经过去。错上加错……

5月4日 星期五

晚宴是在彼此友善的气氛中进行的，没有一句无理取闹或互相攻讦的言辞，但在桌子底下，利爪已经张开……我仿佛是在出席这样的家宴，饭桌上兄弟互相挥拳指责，或妯娌彼此互相辱骂，但对一家之长却始终笑脸逢迎，不敢得罪，因为都期待着继承他的遗产……家长、学长、家长什么的……总是招人怨恨，因为他拥有大权，并将权力传下去。人们之所以恨他，是因为如果一旦被他选中，那您就不得不硬着头皮去干，要不就是他对您毫无所知，您只能任人羞辱和宰割。

就在食物消化过程中，波波教授利用额叶豁然一亮的清醒，问是否有人想介绍一下第二天的演讲内容，这是吊人胃口嘛。这一建议无疑为非一日之寒的浮冰再度降温。开会前夕谈研讨会内容，这就暴露了自己的武器库，也就是为敌人提供了准备反击的武器弹药。于是全场陷入一片死寂，人人埋头盯着自己的餐盘子看，眼神聚焦之烈，恨不得把盘子钻出一个洞，就在此时，有人起立开口说话了。一个带酒精味道的声音，嘟嘟囔囔，打着饱嗝：

“我，哦要说。”

所有的目光都投向准备自杀者身上。简直叫人大吃一惊。原来是罗德里格兹。酒精已经撕裂了他的天然羞耻心，开始露出挑衅者的面目，而在平时，这种天然羞耻心会让他超然自我。脸上露出卡西莫多的微笑，他那睥睨的目光透露出怀疑的自由，他从座椅上站了起来，碰翻了酒杯，口齿粘了黏糕似的宣告：

“本周末我的发言将把你们洞穿在……”

不幸的是，一个偶然的回嗝没让罗德里格兹把话说全。于是他收到了同行们的冷笑、讽刺和挖苦，于是他开始展开论证，居然忘记他刚才打算将他们打穿。

“亲爱的朋友们，正如你们所知道的那样，许许多多评注家对没有把开膛手杰克案件收进华生著作妄加评论。”

一提到伦敦连环杀手，全桌顿时高声嚷嚷起来。餐巾挥舞，小面包片飞舞，宾客纷纷抗议，大家绝不会错过嘲笑竞争对手的机会。

“啊不，可悲！”多洛雷斯道。

“别说开膛手，够了！”伊娃咬牙切齿。

“您别再给我们上这道重炒的冷菜。”佩尔舒瓦义愤填膺。

“还有煎鸡蛋吗？”波波问。

《夏洛克·福尔摩斯补白》（节录）

提到J这个字母，人们往往想到开膛手杰克：在一系列的福尔摩斯伪作中，开膛手杰克成了夏洛克·福尔摩斯奇案的死角。开膛手杰克是伦敦最臭名昭著的连环杀手，他手段高明，在1888年8月至11月间大开杀戒却连连得手，神探夏洛克·福尔摩斯和他生活在同一时代、同一地方，可为什么没在福尔摩斯的正传里面留下蛛丝马迹呢？这个令人费解的空白搅得福迷们寝食难安，费尽心机最终发现了一些新的手稿，提到了维多利亚时期英国两大人物的冲突。从艾勒里·奎恩的《夏洛克·福尔摩斯与开膛手杰克》到鲍勃·加西亚的《地狱里的决斗》，从迈克尔·迪布丁的《夏洛克·福尔摩斯的终极挑战》到托马斯·戴的《屠夫本能》，反正从杰克与福尔摩斯的不期而遇到两人一较高下，乃至在某些文稿中福尔摩斯就是开膛手其人。开膛手杰克的专案成了许多福迷挥之不去的心病，然而，提出的问题却轻而易举地迎刃而解了。奇怪的是，以前却没有人那样去想过。我们的解释再容易不过了：

如果说在福尔摩斯奇案中没有提到开膛手杰克，这就清楚地说明，白教堂血案根本就没有发生过！如果说夏洛克·福尔摩斯没有倾力去查办开膛手杰克的案子，那就是说这个杀手是记者杜撰出来的，纯粹是为了迎合报刊连载读者刨根究底的好奇心而已。如果说福尔摩斯正传没有提及这个杀手，只是因为开膛手杰克是一位虚构人物，是一个文学神话，是民间通俗文学不可捉摸的故事人物。CQFD①

不过，必须明确指出，有些高智达人信誓旦旦地对您说，夏洛克·福尔摩斯根本就不存在。您必须毫不犹疑地对他嗤之以鼻，他们太幼稚可笑了。

5月4日　星期五

罗德里格兹，因为每日酒足菜香外加五个水果，终日激情满怀，要以一人之力阻击那些反杰克的人。

“让我把话说完！我提起开膛手，只是为了抛砖引玉引出十九世纪末的另一件大事，这件大事也是夏洛克·福尔摩斯奇案中的空白，而且，至今除了我，从来没有人倾心关注过。”

“十九世纪末的重大事件？他是想说波波教授横空出世吧？”JPP对伊娃·冯·格鲁伯窃窃耳语（因为他可能以为即使是伊娃冷漠如冰山也会对他的委婉幽默有反应的吧。）

“佩尔舒瓦教授已经找到答案了，”伊娃突然插话，像在后台

① CQFD，法语数学用语 ce qu'il fallait démontrer 的缩写，意为证毕。

做提示（因为冰山喜欢制造海难，海难可比冰山更麻烦）。

但罗德里格兹醉得太厉害了，以至于站不起来。现在他飘飘欲仙，进入巡航速度状态。

“这个事件已经载入世界文化史，这是……啊哈……这是拍电影！”

“电影？”多洛雷斯大为惊讶。“与福尔摩斯有何关系？”

“太太有关系啦！”罗德里格兹打着饱嗝说，他开始左右摇晃，仿佛进入湍流水域。“电影在福尔摩斯正传中完全是一片空白！福尔摩斯和华生让大家着迷，想入非非，可是他们在电影事业里却没有一席之地！不过……”

罗德里格兹说不下去了，前后摇晃得越来越厉害，只见他脸色发绿。他一把抓过一瓶水，灌了自己一杯，一口吞了下去。导航台引导飞机着陆，请系好安全绳带，准备好呕吐袋。

“不过，”罗德里格兹又说话了，靠桌子站着，“当时发生了一件与电影有关的神秘事件。这是一件从来没有解决的事情，益发显得奇怪的是，大众居然一无所知……此事事关夏洛克·福尔摩斯和路易斯·奥古斯汀·勒普林斯①的相遇！”

“谁？”佩尔舒瓦不解地问。

“这是英国王室成员吗？”格鲁克问。

“太精彩了，有好戏啊，罗德里格兹！”迈克哥纳罕鼓掌道。“你恰恰忘了举荐一位熟人。”

“路易斯·奥古斯汀·勒普林斯是一位重要人物，”罗德里格

① 电影史学家将他视为真正的早期电影之父。他用单镜头摄影机在纸质胶片上拍摄了最早的运动影像。勒普林斯是法语王子一词的音译。

兹用手指敲打着桌面自我矫正道，最后才把餐刀握住举了起来。“是法国的工程师发明了电影！”

“电影？”伊娃感到诧异。“我以为是卢米埃兄弟①……”

“1888 年 10 月 14 日，路易斯·奥古斯汀·勒普林斯在英国的利兹拍摄了历史上第一部会动的影像，”罗德里格兹说得头头是道，“一部两秒钟的影片，名叫《朗德海花园场景》。”

“第一条最新消息，”伊娃道。“为什么从来没有听人说过他？”

“因为勒普林斯刚刚改进好电影摄影机，正要申请专利，”罗德里格兹这架飞机似乎贴近地面了，“却于 1890 年 9 月 16 日登上了去第戎的火车，从此就一直没有回到巴黎。此后他人无影财无踪，再也没有人听说过有关他的消息。就连官方也证实，毫无音讯。”

“什么叫官方证实？”格鲁克问。“您还知道什么更多的情况？”

“我知道的是，我们从《最后一案》得知，1890 年，夏洛克·福尔摩斯是在法国度过冬天，他是应召来解决一件‘怪事’的，这件怪事连华生都蒙在鼓里。”

“那又怎么样？”佩尔舒瓦问。

“我断定，福尔摩斯那年冬天正是为侦办此事来法国的，这就是勒普林斯（失踪）案！因为福尔摩斯前一年在伦敦就认识了勒普林斯。他们俩成了朋友。而且，更重要的是，勒普林斯丢失的

① 电影和电影放映机的发明人。兄弟俩改造了美国发明家爱迪生所创造的“西洋镜”，将其活动影像借由投影而放大，让更多人能够同时观赏。

书包里有一卷电影胶卷。这可是整个电影史上第一部影片！该片拍摄于1888年10月初，比我们熟悉的最早电影要早。一部几秒钟的电影……夏洛克·福尔摩斯甚至置身其中！”

罗德里格兹说得唾沫横飞，引起一阵大呼小叫的敌对风暴：

“这不是招摇撞骗吗？”

“别喝这种破酒啦，罗德里格兹！”

“您指望存在夏洛克·福尔摩斯的影像？您指望有一部福尔摩斯在野外漫步的电影？您至少得有一个证据吧？”

罗德里格兹变了脸，分明是贴上一张怒不可遏的表情。

“我当然有证据！一个终极的证据！”他大声宣告，食指朝天花板乱指一通，然后像电器断电似的停止了运转。一口含十六度酒精的口水像撒网似的从双唇泼洒进了自己的酒杯。而后连带着桌布、餐具和食物瘫倒下去，波波教授为拯救自己的蛋白酶也受到了牵连。

于是大家首先要帮扶的是院长，赶紧让他站起来（+10分），大家盛赞他灵活应变能力强（+10分），盛赞他一连串优美的特技动作（+20分）。最后，大家才看一眼罗德里格兹摔成什么样子了，只见他裹着桌布滚到餐桌底下。

大可不必为他自寻烦恼：他早已鼾声如雷。

伊娃·冯·格鲁伯笔记本

——奥斯卡：新兵蛋子，倒是个漂亮的小伙子，尚未得到大学深造。饮食克制，娘娘腔一个。

——格鲁克：奇怪的侏儒，难以笼络。可谁会想要笼络他？

——多洛雷斯：她怀着宝贝差点引起我的怜悯，但实际上，不是。她准是吃多了。

——佩尔舒瓦：下午受辱后，让-巴度自惭形秽。可惜，我本该对他更放开些。明天，我希望……

——罗德里格兹：意外惊人的晚宴。福尔摩斯与一部影片有关？两种答案：要么他胡说八道，那他就完蛋了；要么他是认真的，那我们大家都死光了……

多洛雷斯·马诺莱特致圣-弗若修道院院长的信

神父：

我向您祈祷是为了避免一桩死罪。伊娃尤其该死：我已经磨快了利爪，如果您不支持我，我觉得，最终只能像野生动物那样自生自灭。您试想一下这个晚上我是怎样活过来的：

22:30——没完没了的欢迎晚宴后我准备上床睡觉，有人敲伊娃的门，她的房间就挨着我的房间。我下意识贴墙听了听，这是罗德里格兹的声音，可是刚才大家把他送回房间的时候，他还迷迷糊糊。就在他的电影奇谈之后，这位先生仍然敢不穿蒙头风衣外出。他说的话我听不太清楚，似乎是一个有关“胰腺”的故事？伊娃对他说她“同情”（?）后就把门关上了。罗德里格兹吐露了点什么东西，好像是说“我会对妈咪说此事”（?）我得控制我的听觉才是。

22:45——又有人敲伊娃的门。我贸然把门打开一道缝，原来是JPP拿着一瓶香槟酒、两个酒杯，带着最后一线希望的微笑登门造访来了。伊娃没有开门，佩尔舒瓦又轻轻敲了一下并说：“我是约翰-帕特里克。”传来伊娃回答的声音：“我暂时不在，请在信号音之后留言。谢谢！”JPP将香槟一口喝了，干杯。

23:00——有人敲我的门！我整了整发型，定了定神态，开门，原来是波波教授！我最大限度地挺出大肚子，他问我是否知道伊娃住在哪一间。他很幸运，我是一个善良的基督徒。

23:05——有人敲三下伊娃的门。我下意识地竖起耳朵，这是迈克哥纳罕。他邀请她到他的“房间”喝最后一杯“饮料”，她回答他说他弄错了房间，又说“中年人卫生接待室在隔壁，在多洛雷斯那里”。我一边折磨鸭绒被一边背诵了两遍天主经。

23:10——有人敲佩尔舒瓦的门，他的房间就在我的对过。我通过猫眼看清楚了。这是波波教授问他的房间在哪里。“哦，疯了！哦，太失望了！哦，老冤家！难道我辛辛苦苦活到现在，竟死无安卧之床？”

23:15——现在轮到格鲁克来到伊娃的门垫上遭受侮辱了。我习惯性地把门打开一条缝，穿高跟鞋一米八零的伊娃，开门见穿薄底鞋一米五零的格鲁克，左右看了看，随便说一声“瞧，没有人吧？”，就砰地把门关上了。

23:30——走廊上爆发出响亮的声音，我一下子就听出来是谁，原来是杜里厄教授刚到，由他的大宠物卢夫斯陪同。新客的到来打破了气氛，先生们个个重新扣上扣子，回到自己的窝里。

23:31——走廊终于安静了下来，我以为可以上床睡觉了。

23:32——错啦：伊娃打起呼噜来了。（可以闻到老旧整形人工鼻的气味。）

福迷卷宗——人物侧写：杜里厄教授

杜里厄教授既不胖也不瘦，既不高也不矮，既不帅也不丑：他是教授，这就够了。他虽然衣装不整，不修边幅，但精神状态却与外表大不相同，是一位纯粹的聪明人。他并不掩饰他对不合时宜的种种肢体表现的蔑视，诸如腰痛难忍的扭扭捏捏，牙龈肽肿的呲牙咧嘴，以及降为畜生等级的花生过敏等等。福尔摩斯在《王冠宝石案》中有一段自白："我就是一个大脑，华生。身体其余的部分不过是附件而已。"每当杜里厄教授在自己的电脑屏幕上看自己脑核的彩色X光照片时，就会情不自禁地想起福尔摩斯的那段自白，只见他的大脑泛出温柔的暗红色反光，丘脑脉络拥有清晰的轮廓，延髓纹理精细，只有在这时才能点亮他目光中一点点的温情。他六岁就读了这个短篇，读后心潮澎湃，福尔摩斯的自白决定了杜里厄教授的一生。

杜里厄教授是忙工作而不顾家的那种人。幸运的是，杜里厄没有家庭要他照顾。他曾几次在购货清单上考虑添加结婚和生孩子的选项，但这里有一个前提，要说服一个活生生的女性跟他保持生殖器官的关系，在他看来是形而上学的毫无意义。这倒不是因为女人们讨厌他，远不是那么回事。他以夏洛克·福尔摩斯为榜样，可以为女人提供一种装饰的功能，这种装饰作用显然比客厅浑水池中游来游去的热带鱼要高级得多。不，解释很简单：杜里厄还有别的事要做，不会浪费时间来满足从远古猿猴遗传下来的本能。作为万年文明、艺术和文学的传承人，他认为有责任贡献自己毕生精力给更高尚的活动，而非仅仅满足我们的生育功能，尤其是因为现代传宗接代要举行复杂的仪式：上饭馆请客吃饭，周末海滨度假，馈赠贵重的礼物，而所有这些到底目的何在？迟迟不肯上床，难道只是为了自我安慰，证明我们彼此不是畜生或野兽？要是这样的话，我们大可不必离开古老的史前洞穴，也没有必要放弃粗暴的交配了！这就是为什么杜里厄教授在所有男性朋友面前（所幸仅仅是在男性朋友们面前），总是信誓旦旦地宣称他没有女人的缘故。

杜里厄教授总是与别人保持有益的距离，唯一的例外就是一个叫本杰明·卢夫斯的大学生，他指导该学生撰写的论文题目是：《夏洛克·福尔摩斯侦破牡蛎案，一种食品恐惧症的心理文本分析》。几个月来，杜里厄教授带着他的博士生参加各种学术研讨会，因为该学生有两个难得的优点：一是对导师毕恭毕敬，佩服有加，一是对导师奴性十足，服务周到，杜里厄教授于是可以把所有鸡毛蒜皮的小事推给卢夫斯来料理，从预订火车票到脏衣服的洗涤。从某种程度上看，可以说，卢夫斯回归到了管家功能的本质：志愿者。

最后，我们可以得出结论，杜里厄教授的利他主义就是致力于将自己的智慧精华献给世界，他在还未完成的回忆录中写道：我的生命、意志为理性服务（反之亦然）。与爱好者共勉。

5月4日　星期五

当我回想起这个晚上的情景，那种兴奋的感觉真是幼稚可笑……这可是几个月辛苦工作的总结，我抓住了一个重大题材，我的小小呵护正在加热，波波教授挥动着索邦大学教授职位这根胡萝卜，而罗德里格兹谈论起电影中的福尔摩斯，犹如在池塘里投进了一块路砖，足以让所有与会者彻夜难眠。研讨会曾让人充满希望。但一切成了泡影……5 月 4 日晚最后一件事：杜里厄教授终于到了，他的全能影子跟从在后，这个影子就是他的研究生本杰明·卢夫斯，此人就像一只一百二十公斤的大熊，胡子拉碴的，简直与加勒比马斯蒂克岛民长相无异。他们下榻的楼层，正处在雄性争相求偶的热门地段，刚才他们一个接一个来敲伊娃的门，心甘情愿拜倒在她门下受辱，极尽唐璜小丑的表演。

杜里厄教授板着脸，对热情洋溢的同行只报以礼节性的蔑视，即使置身于这群世界顶尖的神神叨叨的福学专家中，他仍应当是佼佼者。

现在，研讨会全套人马业已到齐：波波院长；乌合之众首领迈克哥纳罕；福尔摩斯的可卡因之声约翰-帕特里克·佩尔舒瓦；美女伊娃·冯·格鲁伯；蠢夫乔治·罗德里格兹；多洛雷斯·马诺莱特，无可奉告；小小变色龙格鲁克；新手奥斯卡·勒科克；杜里厄以及他的机器人同伴大学生卢夫斯。

十位大学学者欢聚一堂，学术狂欢可以开始了……

※

在贝克街旅馆的客厅里，雷斯垂德探长伸开腿脚横靠在一张长沙发上。他背靠五个枕垫，一言不发地审阅着那些材料，然后将审阅过的材料传给他的三个伙伴。由于弗利波下士很难跟上翻阅节奏，旅馆经理就小声念给他听。至于波塞冬中尉，他开始露出不耐烦的情绪。

“警长，您德高望重。您是不是已经猜到个中原委？”

雷斯垂德探长继续审阅和抽烟，仿佛没有听到中尉提的问题。波塞冬观察着探长的反应，气得吹胡子瞪眼低声抱怨起来。雷斯垂德终于开了口，但眼睛并未离开他审阅的页面：

“我从来不猜测案情。那是一种很糟糕的习惯，对推理能力有百害而无一利，福尔摩斯在《四签名》中是这么说的。这是他破案方法的基础。”

“您好歹给我们说说您是不是有门道了吧？”波塞冬依然纠缠不休。

“福尔摩斯用这样的话表扬华生：‘您有一个无价之宝，那就是沉默。沉默使您成为前途无量的伙伴。’您难道不想努力达到忠诚医生的高度？”

第二天

我的生命、意志为理性服务（反之亦然）。

——杜里厄教授语录

作息时间表的严格管理是理性人生绽放的支柱之一。我每天早上六点起床，不靠任何闹钟提醒，自从我开始读大学预科就下定了这个决心，自此矢志不渝。

有一天，我从媒体风言风语的文章中得知了一个新概念，叫做“睡养肥觉”①，把我给乐的（甚至现在想起来都会莞尔一笑），这么说真有一些人喜欢几小时赖在床上养肥？但这是一个事实，人类从原始的衣食之忧中解放出来后就是如此，他们不知道发明什么来打发浩如烟海的空闲日子。于是打毛线，于是去购物，于是生孩子……有些双足动物似乎热衷于骑自行车或驾游艇的“消遣娱乐”！既然如此，为什么不睡养肥懒觉呢？这也是一种休闲娱乐节目呀。

在满足我的睡眠需要——夏天四小时三十分，冬天五小时——之后，我花一个半小时来保养身体：排泄污秽，冲刷洗澡，加油充电。脏活苦活完成后，一天的正式生活便开始了，于是，精神可以大显身手。大功告成。

我是应邀来美人根贝克街旅馆谈夏洛克·福尔摩斯的，但今天早上，我在旅馆里却很难大显身手……

当我的生物钟敲过六点后，我从床上坐了起来，我按了一下床头灯开关，喃喃自语道："要有光"[②]，从黑暗到光明其实就这么简单，我喜欢人类加快走向文明的觉醒（那是我调皮一面的自我流露。）今天早上却是例外，要光无光（我像福尔摩斯，喜欢睿智话语。）六时零一分，我依然沉浸在黑暗之中，我的床头灯灯泡可能毁了，这是不祥之兆。

同过去一样，每当生命处于微妙时刻，我就会想起福尔摩斯，"他有这样的天赋，而且经过精心养护，可以在黑暗中看清。"我曾仿效我的伦敦导师，努力发展这种夜视禀赋。但由于我的脑瓜缺乏耐力，过早的拔苗助长训练半途而废了。在经过一段艰难的毁灭性摸索后（撞翻一盏灯，两个画框还有伤了右脚小趾），我终于确认电动百叶窗停工了，电话辞职了，光明终止了。总而言之，回到史前社会。隔墙听到吃饱的野兽如雷的呼噜声，经证实是来自格鲁克教授的洞穴。

我好赖摸黑穿上了衣服，鬼使神差，来不及刮胡子就要离开房间，这在我青春期以来还是头一次。浑身长毛说明开始返祖，必须跟野兽作斗争，因为我感觉到野兽就要对我下手，于是我按照字母顺序把福尔摩斯六十个案子背了一遍之后才打开门。

---

① 法语睡懒觉叫 faire la grasse matinée，直译就是"清晨养肥"。
② 典出《旧约全书·创世记》开篇第一章："上帝说：要有光，就有了光。"

走廊里充满了令人毛骨悚然的应急灯光，灯光照在地毯花纹图案上，形成了影影绰绰、鬼鬼祟祟的轮廓，犹如巨大的昆虫看到来访者后在墙上爬来爬去，准备向猎物扑去。不管怎么说，这就是我的原始本能体察到的魔幻气氛，直让我脊椎打起寒战。到了危急时刻，肉体要扼杀精神。要动员大脑额叶的全部能力进行反击，以便驯服厚颜无耻的人体，肌体总是将人召回到初始的野蛮条件，人的本能、非理性恐惧以及走廊尽头的鬼影都构成了原始野蛮的氛围。

眼见为实，就是在走廊尽头，我看到一个鬼影。一个鬼影。

佩尔舒瓦教授笔记本

大师啊，我想起了苏塞克斯吸血鬼案，您把一切涉及魔幻的东西都当作“瞎扯”来扫除，声称“世界对于我们已经足够大了，没有必要再让鬼怪来添乱”。您这句话今天早上可救了我的大驾了，当时我正处在该死的三角地带……

当我打开房门，想证实一下是否只有我房间有断电问题时，没想到杜里厄却站在我家门垫上，只见他眼睛发白，姿态有如活死人。离活死人才几米，多洛雷斯·马诺莱特半开房门露出了头。凌晨六点，多洛雷斯笼罩在应急灯光下，让人大吃一惊。最后，在楼梯前，出现了一个穿内衣长头发的奇怪身影。总而言之，一具行尸，一个吸血鬼，一个幽灵。如果没有您的先例作指导，我很可能溃败涂地，等不到在妖女们的淫窟里算总账了。但也是同样用您的办法，您在《巴斯克维尔的猎犬》中，您拒绝承认任何恶魔的存在，我知道您会靠近鬼影，会动员所有的理性力量，把手搭在这个鬼影的肩膀上。

因此，我也这么做了。或者说差不多这么做了吧。

我的生命、意志为理性服务（反之亦然）。

——杜里厄教授语录

颈椎出现了新的刺痛感，倒胃翻肠闻到了恶心的咕噜声，足以说明理性应该稍息片刻好让身体放松一下。在这种情况下，为了重新掌控局势，只有一个解决办法：请教福尔摩斯。我一遇到困难，就情不自禁地打开头脑中的福尔摩斯探案全集。面临一个鬼影如何行动？《恐怖谷》第二章153行："不存在任何事件的环节是人的智慧无法解释的。"

效果令人放心而且立竿见影。我醒来后经历的一切事情应该都可以做出逻辑的解释。不过，要是恰恰是缺乏逻辑的思维来解释这一切呢？我听说有一个领域，人的经历与实际情况大相径庭，那就是梦境。如果我正在做梦呢？果真如此，这可是我有生五十二年来的第一次，但事情往往始料不及，是祸躲不过。这可以解释气氛的古怪离奇……我达成了这样的结论：我正在做噩梦！似乎我只有噩梦可以做……

佩尔舒瓦教授笔记本

当我靠近鬼影，鬼影跳了一下，转过身来，露出一个金发姑娘亮晶晶的脸蛋和一双水灵灵的眼睛。鬼有一个美好的头，事情居然弄到这般田地，但有一个问题在焦灼着我的双唇：您装嫩，您装纯，但除此之外，您站在那里干什么？作为回答，标致的身影转向楼梯走去，伸出娇嫩的小手指了指楼梯下面那一堆影影绰绰的东西。不早不晚，多洛雷斯偏偏选择此时此刻发出一声憋不住的尖叫，其赫赫声频（除家庭吵架外很少耳闻）可以穿透我的鼓膜。她也看到那堆东西了。

一堆什么东西？乍一看，这是一件现代艺术雕塑，它模仿现代人体解构对人体进行分解：用头发把几段胳膊和几条大腿捆绑在一起。再一看，若说这是雕塑，足可以假乱真。再三看，多洛雷斯不由尖叫起来。因为女人毕竟是女人，而那堆东西是男人。

惨叫声响彻整个楼层，大家纷纷出来看热闹，究竟是谁杀谁，旁观者出门速度有快有慢，因各人勇敢程度不同，也有故意避嫌而装不起眼的。楼梯上面聚集了一伙人，他们互相询问这散装男子的身份。迈克哥纳罕有一支手电作武装，身穿一件和服式样的睡袍，显得很可笑，他开始走下楼梯。多洛雷斯狠狠地咽下一口气，亦步亦趋跟着迈克哥纳罕下楼。伊娃利用悲剧时刻悄悄梳洗打扮一番，尽显女流风韵。格鲁克和奥斯卡·勒科克双眼老离不开那个陌生姑娘，好像要拿下这个极富潜力的新市场。杜里厄、卢夫斯和波波宁愿像地毯一样做装饰品。至于我，我观察着我们的团队，暗自寻思，好像少一人……

“罗德里格兹在哪里？”我问，本想用更有把握的声调说出来。

“罗德里格兹在那儿。不管怎么说，还是老样子。”迈克哥纳罕在楼梯下回答我，我多么希望他回答的声调再激扬一些。

多洛雷斯·马诺莱特致圣-弗若修道院院长的信

就这样，神父，罗德里格兹躺在楼梯脚下，其卧姿甚至很少有人能做到。有一个奇怪的现象，原本畸形的他却在解构过程中取得了某种和谐，就好比一台根据日文使用说明书错位安装的器具，跌落后反而各就各位了。也许可以这么说，由于助产师在接生时粗心大意造成的后果，天主想在此人死亡的时候对他进行弥补。倘若您看到这种情景，肯定认为是一个奇迹！下巴脱臼赋予了他的脸面更高贵的外表，鼻子骨折却把皱纹扯平了，胸腔塌陷反而使他身段苗条起来，上下肢纠缠在一起倒赋予他神奇的一面，这是他过去万万做不到的。相反，他喜欢自我炫耀的内在美（骄傲罪）却因此不得不受到一次打击，他的所有器官有可能在跌落过程中撞成了一摊稠液，这倒是能让法医垂涎的（贪食罪）。

对于钟爱男色的人而言，从这个新角度去看，罗德里格兹倒是很有魅力的（色欲风险）。但毫无用处（哈利路亚[①]）。如此可以证实，神之道确实讳莫如深，难以穷究。（阿门）

录音材料——5月5日　星期六

多洛雷斯：可怜的罗德里格兹，这太可怕了！

杜里厄：当人不能夜视时，这样的事就会发生。

奥斯卡：像这样，就是命啊……

格鲁克：万万想不到会是这种结局……

佩尔舒瓦：人不过是虫蚁草芥罢了……

迈克哥纳罕：很遗憾，迷人的俗套比赛中断了，但大家又如

①“哈利路亚”是《圣经》中欢乐赞美上帝的用语。

何对罗德里格兹做出交代？

多洛雷斯：赶紧呼救啊！这太恐怖了！

杜里厄：您的感情用事，除了刺激我们过于敏感的听觉神经外，将会与事情的真相相抵触，我们不知道跟谁联系，因为既没有电，也没有电话，也没有网络。

多洛雷斯：什么？这太可恶了！不过我有社交账号可用，我！

杜里厄：可惜啊，我们生活在物种缓慢演变的时代，现在就连打电话也是不可能的。

伊娃：不管怎么说，我们这里有些人走路不靠电。

多洛雷斯：你在说谁？呶？

伊娃：我给你一个提示：她很胖。

暴风骤雨的感叹。狮吼狼嚎鸡鸣狗叫。奥斯卡企图分开众人，所谓“社会调停”。噼里啪啦的耳光。奥斯卡的呻吟，所谓“受牵连损害”。突如其来发出泰坦尼克号的轰鸣，惊天动地，令人胆战心惊，震惊全场。

5月5日　星期六

“伊娃骑士与多洛雷斯碾压机摔跤比赛”在罗德里格兹尸体上空拉开序幕时，我却有意退避，忙于全场录音，甘当默默无闻的配角。我是唯一听到罗德里格兹跌落声音而首先出现在走廊的人；只有我发现有什么不正常的事情正在发生……

开始只听到远处一阵闷雷般的轰隆声，一大早咕噜咕噜地响，好像自然界有一片嘴没有封严，发出沉闷的呼声。而后，全旅馆震动起来，开始震感并不明显，但越来越强，后来身体和物体都在晃动，房客和在岗职工都受到冲击。大家开始意识到大事不妙，声浪排山倒海，从头到脚就像在冲浪。波涛汹涌，震耳欲聋，直到地动山摇。我们的旅馆好像受到一辆高速重型卡车的冲撞。应急灯一下子全灭了，我们陷入一片漆黑。我们被冲得连滚带爬，人压着人，有的贴到墙上，有的流落他方。因为太黑，很难说清楚是什么状态。喧嚣之后，就是一片坟墓般死寂，这绝不是好兆头。这片死寂很快就被伊娃的嗓音打破了。

“谁趁火打劫偷摸我？瞧瞧，摸这里，色鬼！”她叫喊起来，并响起一大巴掌。

“发生了什么事？”波波气鼓鼓地问。

“我扇的是您？”伊娃问，诚惶诚恐，仿佛眼看着教授的职位一晃而过。

“不，”波波答道。“不过，地震首先把我的头撞到了墙上。”

“糟糕，但愿没事吧，教授？”佩尔舒瓦连忙接茬。“这一震，把记忆都搞乱了，这事闹的。”

“我再说一遍：我扇了谁一巴掌？”伊娃又问，语气更加咄咄逼人。

“您以为这是地震吗？”多洛雷斯问。

“不，”迈克哥纳罕答道。

“可是，这是怎么回事？”奥斯卡问。

“这是一种山地特产，”迈克哥纳罕答道。

“一种土豆饼吗？”波波打岔道。“我喜欢土豆饼。”

“不。是一场雪崩，”迈克哥纳罕狠狠答道。“这么大的冲击，我找不到别的解释。酒店首当其冲，很可能被雪崩掩埋，我们应当庆幸，酒店顶住了压力。”

“庆幸?”佩尔舒瓦挖苦问。“我们已经无法呼救了，再说了，如果酒店被大雪掩埋，我们就肯定无法离开这里了!”

“那可不行，”多洛雷斯心烦意乱，“星期一我还有超声波检查。”

“我说最后一次，谁用手摸我的屁股?”伊娃发出最后警告。

就在此刻，紧急出口的小夜灯闪了闪后重新点亮，过道上又沐浴着谄媚的绿光，照在我们狼狈不堪的嘴脸上，伊娃则怒冲冲地朝着我们一一扫视了一遍。

“我猜想，您那审问的目光是在对摸人者施加一种心理压力，”杜里厄声称，因为伊娃开始盯住他看。“不过要知道，这种雄性本能的原始生殖表达方式所幸与我毫无关系。”

“就说是吧，”伊娃道，依然疑心重重。“那您的泰迪熊呢，喏，”她补充说，指了指本杰明·卢夫斯。“他也守着‘纯粹精神’的底线?”

“他不会出格的!”杜里厄断然答道。

“坐牢去，”卢夫斯厉声回击，表明他与原始表达方式毫无关系。

“我房间里有一盏灯，”格鲁克结结巴巴地说，因为伊娃转身对着他。“我去找一找。”

“格鲁克，您说话声音怪怪的，”伊娃咬牙切齿。“难道您就没什么话要对我说?”

“不，不……我去把灯拿来，”格鲁克应付道，急着要逃离拳击场，因为在伊娃咄咄逼人的威胁下，他就快被逼到死角了。

“那么谁来关心关心尸体?”迈克哥纳罕说，用手指了指罗德里格兹，此人一眼高一眼低的斜视却得到奇迹般修复。“我们并不是每天都有机会碰到这样一个同行的。大家说对他怎么处理？”

“我们不能把他撂在那里不管，”JPP说。

“完全同意这样切题的回答。”迈克哥纳罕顺水推舟，“罗德里格兹有碍走动，而且与大堂装饰不相称。那么把他安放在哪里好呢？”

“最好把他保存起来，等救援到来，存在冷库妥当些，”奥斯卡随口答道。

“不笨啊，”迈克哥纳罕点头同意。“很高兴看到在我们团队中还留有几个神经元在活动。”

“请允许我提醒那些有神经元的人们注意，酒店没电了。”JPP道，神色尴尬，还有点卖傻。“正因为如此，冷库早就不运转了。”

“您那不健全的知觉没感觉到暖气也同样中断了吗？”杜里厄反问道。“雪积得越来越厚，整个酒店将变成一座冷库。而且由于没有炉子生火，我们的器官会不适应，很可能引起短时间的体温过低症状。”

“火，这很危险，”波波语气强硬。

“太正确了，教授先生，”多洛雷斯附和道。

“但是水，却是生命！”院长接着发话，对自己的发现颇感自豪。

“绝对！”伊娃肯定道。

“诸位所言极富感染力，”迈克哥纳罕说，“但是，能不能回到今天的主题上来？也许，JPP或杜里厄更希望把罗德里格兹的遗体安放在他们的房间里？不想吧？再没有人提什么高见吧？那么，就这么定了，朝冷库送！”

波波教授便利贴：我喜欢土豆饼。

波波教授便利贴：火，这很危险。但是水，却是生命！

波波教授便利贴：我身体很好，谢谢。

多洛雷斯·马诺莱特致圣-弗若修道院院长的信

神父，请原谅我的表白，现在真是乱了套。

您看看：我为了福尔摩斯学的利益，来到深山当中参加这期学术研讨会，同冯·格鲁伯一起被埋葬在一家脏乱差的旅馆里，柬烛燃眉，连一个短信都发不出去！我已经有两天没有上交友网站了，网友会担心麦当娜75[①]是不是再也不会回复了！当然啦，神父您会对我说，与可怜的同行罗德里格兹相比，这不过是小事一桩，无限仁慈的主在楼梯脚下转了

① 这应该是多洛雷斯·马诺莱特的网名。

转，就把他带到自己的身边。我为他的安息祈祷，但不管怎么说，他至少免了洗冰雪浴之苦。是的，应该多想一想别人，他们还留在痛苦的世界里！罗德里格兹已经安放到冷库里，安眠在蔬菜丛中，而对我来说，折磨则刚刚开始！人家甚至不知道何时才能得到解放！照迈克哥纳罕的说法，如果整个地区埋在雪堆下，这种局面很可能要延续好几天，他似乎觉得很好玩！

无论如何，从早上开始，他和他的伙伴们只想到吃，您有没有注意到，神父，在大难临头时，男人岂不是只长着四条腿的肚子吗？他们花一个早上的时间千方百计寻找酒店的出口，但他们一旦确定我们已经被封死时，他们反而若无其事了！他们坐在客厅里，开始狼吞虎咽，后来，奥斯卡洋洋得意地告诉大家，他找到了一个储存蜡烛和汽灯的地方，清点食品库存后，大家可以坚持两个星期！可是，人家不想坚持，人家要出去！

正如祸不单行那样，忽然撞入了一个不速之客！我一开始没有认出她来，原来长发鬼影就是昨晚那个为我们端挪威油煎荷包蛋的女招待！年方二十的鲜嫩姑娘，保证没有整修过门面，此等尤物的存在就是对他人的嘲笑，她完全违反了重力定律，身上的肌肉没有一点松弛。跟她在一起，一个脑瓜会被洗劫得荡然无存。您该听到她回答我的问题吧，叽里咕噜，像肠子饿得咕咕叫，尽是单音词……要是我没有比较语言学博士文凭，我真没有把握能全听明白。说来说去就是告诉我们，她睡在楼上是因为下大雪，被困在这里了，还说经理半夜出去了没有回来！

好了，我觉得，我的非基督徒感情就要像火山一样爆发，因此，在发作之前我得刹车才是。另外还得记下一笔，这个周末将是神秘莫测的周末。但愿如此！

5月5日　星期六

于是，我很快就以女服务生的身份融入到这伙人中去了。扮演傻瓜服务生的角色毫不困难，我们的知识分子对他们自己过于自满，以至于他们居然把我归为“间歇性神经元”。女人，金发，服务生：应当说，我取得了三连胜。①

总而言之，形势对我很理想。

午餐期间，我得以对充满敌意的福迷界进行精准的观察。伊娃新一轮的大吵大闹为我们大开胃口。我们只等她和波波让我们入席；她首先到来，紧绷着脸，带着复仇的傲慢。

“有人溜进我的卧室，当时我正洗澡！”伊娃脱口而出，用目光扫射我们。

“能否知道这位仰慕者姓甚名谁？”多洛雷斯问。

“我不知道！我听到动静，当时我正走出浴室，胆小鬼偷偷溜走了！”

“您有没有考虑过是您的想象产生的一种假设？”杜里厄问道。“我们幼稚的幻想经常误导我们出差错。您可以读读在场的卢

---

① 在偏见中，一直认为金发女服务生多半是没脑子的人。

夫斯先生与此话题相关的有趣论文，他……”

“我没有做梦！”伊娃打断杜里厄的话。“有人偷了我的东西！”

“啊？什么东西啊？”佩尔舒瓦问。

“这跟您没关系！”伊娃闪烁其词。

“噢，噢，”迈克哥纳罕有所敏悟，话中有话。“这应该是隐私……大家来玩玩猜谜如何？”

说干就干，迈克哥纳罕的好玩建议大获成功，他的同事秉持学界的一条基本原则：绝不放过羞辱同行的机会。

“这玩意能吃吗？”格鲁克问。

“这玩意能抓在手里吗？”佩尔舒瓦试探道。

“这玩意会颤动吗？”多洛雷斯问。

“你们笑好了！”伊娃不满地嘘嘘道。“你们也就是中学水平，不配当大学老师。我警告你们，若罪犯不被揭露，我……”

“瞧，波波教授来了，”迈克哥纳罕提示道。“那就继续您那搔首弄姿的拿手好戏吧，今天早上，您演了第一出闹剧，我们的院长将高度评价您的诱惑新战略。”

“大家好，亲爱的朋友们！”波波向大家打招呼，而伊娃立刻转怒为喜，对波波教授送去放大版的微笑，并为他挪过去一张座椅。“原谅我来迟了，我是最后一个吗？哦，还不是，我看还缺了那个可爱的罗德里格兹。开始吧，饭局一开他就会来！”

由于谁也无心对波波教授重提楼梯口横尸那段事，佩尔舒瓦便顺水推舟道：

“您说得对，入席！”

“假如罗德里格兹登陆，有人会通知的，”迈克哥纳罕冷笑道。“我想到了，伊娃，难道他就是小偷？”

伊娃·冯·格鲁伯假装不理睬自己的同事，一心只集中在波波教授身上，整个午餐期间她对他尽心尽力，关怀备至。为了避免想起罗德里格兹的遗体就摆在几米远的地方，大家闲扯一气，在那瓶红葡萄酒上大做文章，尤其是奥斯卡·勒科克和本杰明·卢夫斯，简直像中学生，挤眉弄眼，咯咯笑在一起。伊娃在行动。关于我，我吃饭给人的印象是，咀嚼活动动用了我所有的脑细胞，我和波波于是有了一个共同点。最后，上甜点的时候，我们的大学学者刚才开怀畅饮，为波尔多葡萄产业做出了贡献，所以身心放松，可以触及那个困扰大家的问题了：研讨会到底开不开得成？是我助了他们一臂之力。我故意提到“烟酒会”（与“研究会”谐音）一词，这样更符合我扮演的角色。

“在这种条件下，我不知道研讨会是否……”奥斯卡欲言又止。

“的确，”多洛雷斯接着说，“仪式……”

“没错，”伊娃道，“尊重……”

“如果因为可能取消研讨会而进行感情用事的争论，请允许我表达我的沉默。”杜里厄插话。

“杜里厄教授说得没有错，”佩尔舒瓦推进一步。“可波波教授就要为难了。如果取消研讨会，他怎样遴选首席教授？”

“言之有理，无论如何应当先为他着想。”格鲁克果断地说，同时瞟了波波一眼，波波教授面对蛋糕正昏昏欲睡呢。

“我嘛，我要对你们说，”迈克哥纳罕郑重其事地介入。“我想，罗德里格兹在天有灵，一定希望研讨会开下去。”

“就这一次，我赞成您的意见，”多洛雷斯凑热闹道。

“我甚至要说，正是为了他，会要继续开下去！”格鲁克满有把握地说。“为了纪念他！”

“回答正确！”多洛雷斯心潮澎湃。“我们为他献上这次研讨会！”

“罗德里格兹，大家忘不了你！”佩尔舒瓦惊呼道，同时为他干杯。

“演出必须继续[①]！我们，我们，我们！”奥斯卡和卢夫斯唱了起来，在他们心目中，橡木桶酿造的古老安慰剂，可以激发起了不起的口才，把久经沙场的老将与不谙世事的新手焊接起来。

“呲，呲，请安静，先生们。要有点风度，拜托了，福尔摩斯学在哀悼。”

全体福学专家达成一致，研讨会应该开下去。我们叫醒了波波教授，告诉他这个好消息。

他问是否可以用早餐了。于是各人回各自的房间准备答辩。我利用这段时间记笔记，既然调查条件已经变了，不能再使用电脑，只好重操钢笔旧业，幸好我还有几节电池可支撑录音机工作，我还可以继续录音。

挑战很是值当，福学专家群英列阵。多年来，他们发掘福尔摩斯的奥秘，深谙其基本原理：为了成功，务必找到另辟蹊径的进攻角度，带着全新的发现走出来。

① 英国皇后乐队演唱的一首流行歌曲的歌词。

而在这方面，美人根万事俱备，人才辈出。

《夏洛克·福尔摩斯补白》（节录）

提到R这个字母，人们往往引用Révélations（启示录）。夏洛克·福尔摩斯最错综复杂、最神秘莫测、最激动人心的奥秘，恰恰是夏洛克·福尔摩斯本身。这位侦探尽人皆知，我们却对他这个人一无所知。对他的童年，对他的父母，对他的生日乃至他的忌日，我们都一无所知。他声称自己既没有爱情，也没有朋友。他既不为金钱所惑，也不为荣誉所动。他装死三年后突然从子虚乌有中冒了出来，做出的解释跟魔咒般不可思议。他太不可捉摸了，以至于有人怀疑他的存在。就连华生自己也坦言无法准确地把握这个同楼伙伴的个性特征。每一个调查报告或警察故事，读者都被请去猜谜。不过，只要认真想一想，就会跟赫尔克里·波罗、马普尔小姐或者麦格雷①的案情调查相反，我们要破解的谜团在罪犯身上反而要少，而在侦探身上却有很多。谁是真正的夏洛克·福尔摩斯？这才是福尔摩斯的读者面临的真正挑战。

人物影影绰绰，行为离奇古怪，而且可以说，常常是为了营销而有意吸引读者，推动福迷们在揭示夏洛克·福尔摩斯内幕方面展开竞争。

于是乎，我们亲爱的侦探，在某某、某某笔下改头换面，演

---

① 赫尔克里·波罗、马普尔小姐和麦格雷都是西方小说家笔下的大侦探。

绎出形形色色人物，什么开膛手杰克、德拉库拉伯爵的侄子、外宇宙活生生的杀人犯、未来人，如此这般。这是真的，请读读藏人嘉央诺布的小说：夏洛克·福尔摩斯的《曼荼罗》，费南代尔表演的喜剧，一个西藏喇嘛灵魂的化身！

人们强加给他各种个性、邪恶的动机、有害的爱情。人们想从多个角度照亮他，于是加深了阴暗面。

这里不妨提示尚未成材的小说家晚辈，你们的创作还有装饰的余地和空间：小福尔摩斯，他是被科学怪人弗兰肯斯坦男爵收藏的，他曾用许多作家的尸体杂碎创造了华生，其目的就是要为福尔摩斯的荣誉写小说（大家有目共睹，耳熟能详！）；尼摩船长遥控的福尔摩斯机器人，其潜水船的奥秘已经被揭穿，原来是尼斯湖水怪（我们都发疯吧！），还有呢，雌雄同体的外星人福尔摩斯，他受到伦敦小灰人的遥控，正准备入侵地球（何怕之有？）。

大家来打个赌：这样行不行？

5月5日　星期六

研讨会开始了，气氛既洋溢着欢乐又充满了自我批评精神，而且，会议厅的照明全靠点燃的蜡烛，宛如一场黑弥撒，但蜡烛不会给室内带来一丝暖意。那些轮番登台亮相的人们很明白，他们是在行刑队面前往前走。同行是要打倒的冤家，所有的打击都是允许的，请把自己的人道主义仁慈存放在衣帽间……抽签注定格鲁克教授开树敌第一枪。迈克哥纳罕击掌庆贺，说这是格鲁克第一次旗开得胜。伊娃请他站起来好让大家看得清楚些，多洛雷斯则一针见血说他本来就是站着的。佩尔舒瓦刚张嘴就被多洛雷斯关了阀门，一下子哑口无言，神色颇为尴尬。大家要求仍然沉浸在酒精迷雾中的奥斯卡和卢夫斯停止嬉戏打闹。波波教授吞下一颗肝泰乐胶囊，希望多得到几分钟的清醒。课间休息已经结束，就要正式开课了。

他踮起脚跟站在课桌后，课桌上摆着提交的报告文本，格鲁克左眼抽搐眨巴着向观众打招呼，然后开了一句玩笑，试图缓和一下气氛，他把我们的夏洛克·福尔摩斯说成“亲爱的落客·福尔摩斯”。这本来很逗笑，但大家却忘了笑，只有我像珍珠鸡那样发出咯咯声鼓励他。对不起，我的格鲁克，加油再试试。

于是，他的右眼也开始配合着频闪效应，他宣告，他要探讨的是关于夏洛克·福尔摩斯的真实身份问题，迈克哥纳罕报以响亮的欢迎：“嘿，久违了！”伊娃胃口大开：“我们可以美餐一顿了。”而多洛雷斯却说风凉话：“不会制造恐怖吧?”佩尔舒瓦则宁可装出大智若愚的样子。至于杜里厄和卢夫斯，像滑稽搭档劳莱和哈台[1]，听报告从头至尾没有动一根毫毛。至于我，听完他的报告后，我恐怕会说，格鲁克不太像是争取索邦大学福学教授的职务，倒是更像争取在国家教育部门休养所里谋个一官半职。

---

① 劳莱和哈台是美国长期搭档演出滑稽片的两位演员。劳莱瘦，哈台胖，从形象上增加了滑稽感，成为美国早期影片中最受欢迎的一对搭档演员。

格鲁克教授的演讲稿（节录）

【开始报告之前，注意长时间静默，这样总会出效果。如有必要，喝一杯水，但要注意：尿意会打断报告。】

至亲至爱的各位同仁，今天我要向你们汇报一个问题，自从我们怀抱福学事业以来，我们大家对这个问题无不津津乐道，关于这一个问题，几代评注家打了一百多年的笔墨官司：夏洛克·福尔摩斯的往事。**【暂停。看看波波，摇头，板起面孔。如果他已经睡着了，就大喊一声，或者扔给他一张纸条。】**《福尔摩斯探案集》对福尔摩斯生平早期保持沉默，比方到伦敦当侦探之前。然而，正是这段神秘的往事包藏着读懂其典型个性的诸多钥匙。正是在他受教育培养的年代，隐藏着他一生志在追踪犯罪的秘密，或许关系到他吸毒成瘾、舍弃一切真正社会联系的内幕。**【暂停。紧皱眉头，阿兰·德龙[①]近视眼时期风格。】**至亲至爱的同仁们，我要庄严地向你们宣布：这段神秘的往事，我今天就要让它大白于天下！**【期待全场哗然。若无喧哗，就重复“我就要让它大白于天下！”，如果老没有喧哗，就对佩尔舒瓦开一个玩笑，说：“夏洛克肯定给你带过话，亲爱的JPP。”】**的确，我要面对你们，论证夏洛克·福尔摩斯的真实身份，破解的钥匙就存在于他使用过的化名中，就是从莱辛巴赫瀑布跌落后假死的那

---

① 法国男影星，60—70年代红极一时。

三年里使用的假名。我们知道，福尔摩斯旅行时曾住在一座空荡荡的屋子里，以一个挪威探险家的身份，化名 Sigerson（西格森）。西格森就是西格的儿子（Siger son），那么在挪威语里，Siger（西格）是什么意思呢，谁推敲过个中奥妙？那好，只要点击一下谷歌搜索引擎，输进 Siger……原来是“胜利”（Victoire）的意思！**【要一再重复“胜利”这个词，直到波波重新上线。如果需要，再扔一个纸团过去。】**“胜利之子”，会让你们想起什么吧，我敢肯定……**【暂停。盯住听众看，与此同时假装喝水。】**莫里斯·勒布朗[①]的读者很清楚：维克图瓦尔[②]是抚养亚森·罗宾的奶妈，后来成了他侠盗传奇的左膀右臂！**【迈克哥纳罕很可能抛出一句刺耳的话，要保持微笑。】**你们要问问自己了，罗宾到这里干什么来了？跟福尔摩斯有什么关系？大有关系啦！索性，我今天为你们把这层窗户纸捅破，正是因为罗宾的缘故福尔摩斯才离开伦敦三年，并且一手导演了自己的死亡！因为福尔摩斯想改变生活，或者不如说是回归原来的生活，也就是他还没有抛弃他的情妇以前的生活，他的情妇就是维克图瓦尔！是的，他的情妇！而他们的儿子……亚森！**【听众席上很可能响起嘘嘘声。坚持满意的微笑等待暴风雨过去。用一只眼盯住多洛雷斯以躲过可能的当头一棒。加油。】**

---

① 莫里斯·勒布朗（1864—1941），法国著名小说家，曾获法国政府小说写作勋章。代表作有《亚森·罗宾被捕》、《碧眼姑娘》、《空心岩柱》、《虎牙》、《神秘住宅》、《三十口棺材岛》、《水晶瓶塞》、《三只眼睛》等。

② 就是 Victoire 的音译。

哦，你们可以大喊大叫啊！我敢慷慨激昂地肯定：亚森·罗宾是福尔摩斯1874年与维克图瓦尔生的儿子，当时他二十岁！维克图瓦尔并不是奶妈，而是罗宾不为人知的母亲！**【如果你发现没有任何人领悟，就重复。】**Sigerson（西格森）与obsession（魔鬼附身）同韵！福尔摩斯取这个名犹如额头上带有抹不去的污点，表明这三年他是在赎罪，他想用三年时间来亲近亚森。**【有嘲笑声高涨的风险，切勿反驳，理直气壮说话。】**莫里斯·勒布朗告诉我们，1894年1月，年轻的罗宾在蒙彼利埃，法国南部，与克拉里斯·德蒂格谈恋爱！那么，1894年1月福尔摩斯在什么地方？在蒙彼利埃，法国南部！不过父子相认遭遇失败。福尔摩斯回到伦敦，讲述他和莫里亚蒂的传奇故事并重操旧业。

福尔摩斯与罗宾，让你们大吃一惊吧？但遗传自言不讳。亚森后来不是仿效福尔摩斯，成了伪装大王了吗？正如莫里斯·勒布朗在《巴尔内特私家侦探事务所》中写到的那样，他不也以吉姆·巴尔内特为名干了几年侦探吗？他的盗窃天赋从何而来？难道不是从福尔摩斯那里继承下来的？华生不是在《查尔斯·奥格斯特斯·米尔沃顿》中披露说，开保险柜是他的拿手好戏吗？

你们觉得遗传还不足以说明问题？你们还需要其他的证据？想想莫里斯·勒布朗笔下夏洛克与亚森的遭遇吧。如何解释我们的侦探每次和罗宾狭路相逢时那种无奈的样子？在《夏洛克·福尔摩斯来得太晚》里，强盗绅士偷了他的手表！在《犹太灯》里，福尔摩斯却让他溜走了，借口是不让一位年轻的姑娘受牵连！若说他能力不逮，这是因为他面对儿子手足无措，不敢对儿子承认真相！

最后，亲爱的朋友们，我从你们的眼睛里看到，你们还有怀疑，为了回答你们的怀疑，我开诚布公向你们提供最后的证据！这最后的证据就包藏在这张纸巾上。【**狂舞纸巾但不可打翻水杯。**】上面有维克图瓦尔的手稿，事实真相大白于天下。手稿是我在南特图书馆的档案里发现的。我立刻将手稿交给波波教授，他可以平心静气地查阅考证，谢谢你们的关注。【**至此，你可以喝掉杯中水了。**】

5月5日　星期六

格鲁克的报告刚开始就遭到旁人的起哄，就像上课时学生会起哄老师，快结束时却意外地无人提问，全班鸦雀无声。听众头晕目眩，没有任何人对纸巾发表评论，而波波教授接过纸巾，像孩子一样高兴，还谢谢格鲁克居然想到今天是他的生日。一位隐姓埋名的母亲的手稿，她竟是亚森·罗宾的亲生母亲？这段历史到底是怎么回事？我很难掩饰我的惊讶，但我扮演的傻姑娘角色不允许我做出怀疑的反应。

如同惯例，格鲁克首先得到革命派同伙的热烈鼓掌欢迎。而后迈克哥纳罕发言，他一语双关，高调重提格鲁克的开场白，说“亲爱的落客·福尔摩斯”是一个了不起的发现。（看来言之成理，居然这次大家都笑了。）佩尔舒瓦想知道，除了论证福尔摩斯是亚森·罗宾之父外，格鲁克是否打算论证福尔摩斯也是方托马斯①的叔叔或舅舅，也是佐罗的兄弟，也是泰坦尼克号的冰山。多洛雷斯对格鲁克热心罗宾表示不安，似乎在打异端邪教的擦边球。她要求展开一项调查，证实一下格鲁克是不是潜伏在福迷里的一艘罗宾号潜艇。伊娃则高声自问，如此重要的首席教授职位是否可以让低于一米六零的人把持。总之，格鲁克的好友都善于挖掘其优点的价值，而背道而驰的人则不给好脸色看。

但是，令我大为吃惊的是，没有任何人影射他所谓的尚未发表的手稿。格鲁克给他们扔去一根冠冕堂皇的棍子来打自己，却没有任何人敢接招……多洛雷斯接着格鲁克勇敢地荒谬下去，我只是听她陈述后才恍然大悟其中的原因。

到那时，我的吃惊变成了晕厥。

多洛雷斯·马诺莱特致圣-弗若修道院院长的信

神父：

天主大慈大悲，让我继格鲁克之后在研讨会讲台上发言（星期天捐款将再次谢恩）。我那可怜的同行的发言是多么的荒唐可笑，以至于我的发言因此反而得到升华（如果这是可能的话），在一堆粗制滥造的论文当中脱颖而出。我的介入颇有效果，只要看看场内惊慌失措的面孔就知道了。当黑暗中忽然冒出一缕光线，这既是精彩，也是痛苦。那么，面对目瞪口呆的听众，我会说出关于福尔摩斯这栋大厦怎样的奥秘，

① 方托马斯是法国作家马塞尔·阿兰和皮埃尔·苏维德合著的《方托马斯》32部惊险小说中的主人公，方托马斯精通各种易容术和犯罪手段，无人认识其真实面目。

我会有何建树呢？

那就是：贝克街221号B公寓福尔摩斯的女房东哈德森太太。

就像一切灵感作品一样，我的推理来自圣经式的简约：在我们的大侦探破案传奇里，哈德森太太的出现是很不起眼的，可以简化为几句话和几杯茶，但这不正是她的现实重要性最明显的昭示吗？被禁欲同性恋嫉妒苦苦折磨的华生，不正是为此想尽办法抹杀哈德森太太的存在吗？正如一些《圣经》评注家今天还原了圣女抹大拉的马利亚在耶稣基督生活中的主角地位一样，直至把她塑造成他的伴侣和孩子的母亲；正如他们的论证那样，教会改写历史就是要将女人置于卑微的地位，因此我认定，哈德森太太是夏洛克·福尔摩斯的伴侣！这样就解释得通为什么福尔摩斯如同基督那样从来没有艳遇的故事，因为他在家里很幸福。

犹如嘴上无毛的摩西开辟了通往“希望之地”的道路，而我走得更远，坚持认为，哈德森太太积极地参加了她的夏洛克的解谜破案活动。她不仅是他心中的优选，也是他的另一个自我！为此，我有一件锐不可当的武器，它把一切都无声无息地保留了下来。

这是一件绝无仅有的文档，哈德森太太的私人笔记本，我是在eBay网上从故纸堆里淘到的，我已经把它交给了波波教授！

讨厌女人的男人把抹大拉的马利亚当作妓女，而把哈德森太太当作没头脑的女仆，现在是到了为这些特殊女性恢复应有地位的大好时机。这就是我今天下午对忠实同仁们所说的话，我要铁板钉钉地宣布成立“为哈德森太太恢复名誉运动组织”。我为同仁们留几天时间报名入会成为会员，这段时间足以让他们从震惊中清醒过来，他们都是我的至爱。

5月5日 星期六

如果说多洛雷斯关于哈德森太太用心良苦的胡编乱造只会催生阵阵嘲笑的话，那她的结论则引起了一场新的雪崩，其威势和制冷程度不亚于大清早的大雪崩。继维克图瓦尔的手稿之后，又出现了福尔摩斯女房东的私人笔记本：许多仿笔迹文书爱好者就是这么催生出来的。无论如何，JPP、伊娃和格鲁克都应当想到这些，他们经过一阵痛苦煎熬，终于愤然攻击谩骂起来。

攻击的第一个主题就是多洛雷斯的精神状态，通过烹调煎炒般的巧妙比喻，把她的脑袋与英国的明胶、安德烈斯群岛的猪血香肠或再加点罐头酸菜混合在一起。

在第二回合中，为了把他们的同行驳得体无完肤，JPP、伊娃和格鲁克诗意般施展贪得无厌、添油加醋的本能，通过动物打比方，虽然缺乏点灵感创意，但口感总是津津有味的：召唤若干海洋哺乳动物，调动各种反刍动物，围绕着蠢猪说事的智力游戏——怀孕妇女的大肚子鼓捣出强大的繁殖力乃至引申到其中的讽刺寓意。

最后，口若悬河的舌战如火如荼，因为多洛雷斯的口才的确了得，对于她而言，光秃秃的脑瓜和美体乳房可以代表强手如林的缪斯。

花枝招展的舌战正酣，波波教授则继续扮演不偏不倚的公正法官的角色，他的中立立场似乎被误解为深度睡眠。在他身旁，迈克哥纳罕，不愧是好民众，欣赏着一场载歌载舞的轻喜剧，笑得合不拢嘴，而此时，奥斯卡，绰号“理想的女婿”，费尽浑身解数加强外交斡旋，试图让这个美好的世界重归平静。但普遍感到意外的是，反应最强烈的竟然是杜里厄教授，他可是从辩论一开始就采取事不关己高高挂起的态度。但当拳击高潮来临之际，只见他站了起来，向同行们的擂台走去，只消怒目一瞪，攻击谩骂便偃旗息鼓了。这一冷峻的怒火一烧，一下子就把大动干戈的热战平息下去了。而后，杜里厄离开大厅，把厅门甩得嘎啦直响，搞得我们个个目瞪口呆。甚至忠心耿耿的本杰明·卢夫斯也不例外。

该是暂停的时候了。

我的生命、意志为理性服务（反之亦然）。

——杜里厄教授语录

有些地方，如某个图书馆或某个露天圆形剧场，在那里，人的思想可以轻松地展开，可以发现某一时刻某一空间纯洁性灵的理想降临。还有另外的场合，比如某个足球场或某个超市，在那里，人的思想必须抗争以摆脱导致兽性发作的污泥浊水。不过，人只要稍加组织，就可以轻松避开这些沉沦的是非之地，只有一处相反，显然是不可避免的。一处生死存亡之地，即使是最久经沙场的人也万不可忽视。一片悲惨的空间，那里，为文明而进行的战斗日新月异，激烈而痛苦。诚实人的牢狱，智力的地狱，理性的炼狱，这就是方便的地方，就是洗手间，就是盥洗室。说白了，就是一间间“便所”。

我每每应验，只要全神贯注一件能升华的事物，摆出《思想者》[①] 的姿势，暗示我的躯体宣示，我将采取和躯体决裂的举动。今天，由于多洛雷斯·马诺莱特的可怕杀入，不得不再次休会，休会期间，我高踞王座之上，下决心解决华生的伤口问题——到底是在腿上还是在肩膀上？我实施了一次紧急排尿，没有放弃追求一种绝对理性的逻辑学家的尊贵态度。

这是我当天的教训。但愿这个教训对你们有教益。

5月5日 星期六

没有比小便片刻更可让兴妖作怪的精灵们稍事冷静了，马塞尔·普鲁斯特如是说（待查证）。研讨会因此得以在互相尊重的气氛中复会，声量也符合欧洲公共场所的标准。为了避免引起怀疑，我一直坚持金发女郎目瞪口呆的态度参加讨论。但格鲁克和多洛雷斯的披露，加上罗德里格兹昨晚宴会上的揭秘，我的好奇心像刀子一样被磨快了，我必须克制自己，一定要刹住提问的欲望。

---

①《思想者》是法国雕塑大师罗丹的杰作。这座人体坐像本是罗丹构建《地狱之门》群雕的一部分，他高踞地狱门槛之上，而在下方，则是一组组在罪恶、苦难、绝望中挣扎的人像群雕。他俯身低头，手撑着下巴，仿佛为眼前惊心动魄的惨景所震动，正陷入痛苦的沉思，《思想者》之名由此而来。

第三个公开上刑场的志愿者是奥斯卡·勒科克。他的父亲就是蒙彼利埃大学的院长，父亲车祸后授权儿子替父出征来介绍研究成果。他清了清嗓子，摆脱了喉咙的黏液，看上去怡然自得，就像是一匹厌食的赛马加入了橄榄球混战。

“您想到点开始？或者我还有时间去吃点茶歇？”迈克哥纳罕问，无非是想吓唬一下这个菜鸟。

“请原谅我，”奥斯卡一下子涨红了脸，“我准备好了。这正是……我应该这么对您说……”

“根据您父亲的来信，您将谈及夏洛克·福尔摩斯与法兰西的关系，是这样的吧？”波波问道，他很清楚，两片乌云中间有一道美丽的亮光。

“真是个新颖的论题啊，只有一万两千五百名福迷论证过，”迈克哥纳罕给出了准确的数字。

“我会给你们做出解释，”奥斯卡结结巴巴地说，只见他额头发潮，衬衫发亮，为我们这座冰雪酒店提供了一道热带风景线。“实际上，我们准备在夏洛克·福尔摩斯与蒙彼利埃城的神秘关系上投射一道亮光。”

“神秘关系？”迈克哥纳罕大为惊讶。“您懂得制造悬念，就您？”

“您还让不让我们的年轻同行讲话？”多洛雷斯插嘴道。“您的干预是不合适的。”

“瞧，超级美洲狮回来了！实在对不起，多洛雷斯，我再不阻止您的小宠物了。上，奥斯卡，今夜不上更待何时，鼓足勇气，好小伙子！”

“好的……嗯……”奥斯卡接着说，把头埋进讲稿里，“我刚才说到蒙彼利埃，1893—1894 之交的冬天，福尔摩斯在蒙彼利埃一家实验室研究煤焦油的衍生物，这件事在《空屋》里有案可查。后来，即 1899 年，他又回到这座城市调查弗朗西丝·卡法克斯女士的失踪案。这一段令人困惑，因为福尔摩斯说是回到伦敦，派华生只身到现场调查，自己却突然出现在蒙彼利埃的一条街道上，还经过伪装，从一场袭击当中拯救了传记作家。于是我提出这样的问题：福尔摩斯至少在蒙彼利埃小住三次，到底是什么秘密让福尔摩斯与这座城市结缘？

“三次？”格鲁克惊问道。“探案集里并没有别的蒙彼利埃的资料！”

“对不起，我不敢苟同，”奥斯卡继续说，嘟嘟哝哝，“在《最后一案》中，华生披露，1890—1891 冬，曾收到福尔摩斯的两份电报，一封发自纳博讷，另一封发自尼姆。那么从纳博讷旅行到尼姆，中间会在哪里停歇？”

“布鲁塞尔呀？”迈克哥纳罕咬牙切齿道，他讨厌提问修辞法。

“就这么就可以说他三次到过蒙彼利埃啦？”佩尔舒瓦很难接受。“您分明是王婆卖瓜自卖自夸！因为您来自蒙彼利埃，要在‘神秘’上下大工夫不是？所有这一切花里胡哨的，但是，您到底有什么来龙去脉？难道您要凭空让我们相信，福尔摩斯在那里有一个儿子不成？就像让-雅克·西基斯的模仿大杂烩《夏洛克·福尔摩斯的祖母》里面说的那样？”

“我父亲是个大学学者，”奥斯卡辩解道，“他不是模仿秀。再说了，西基斯的直觉谈不上荒谬……”

“您想说什么？”佩尔舒瓦问。

“我要强调这样的事实，就是我父亲是靠文本的客观研究得出的结论。不管文本来自探案集……还是来自文件……”

“来自文件?”多洛雷斯惊问道。

奥斯卡脸涨得通红，看看自己的对手，吓得惊慌失措。大家紧锁眉头，寻思演讲者到底演的是哪一出。只见奥斯卡抓起身边的一个公文包，抖抖索索地从中抽出一摞纸张。

“这是一个文件，这个文件……可以让你们知道一切有关夏洛克·福尔摩斯与蒙彼利埃城的秘密关系。”

“这是什么?”伊娃问。

“呃……这是一份……一份未发表的手稿（众人惊愕），我父亲躺在痛苦的病床上，我为父亲默默痛心（众人装出懊悔的样子），这份文件证明，我父亲，我是说，是……夏洛克·福尔摩斯的曾孙。”（众人炸开了锅）

《夏洛克·福尔摩斯补白》（节录）

提到M这个字母，人们往往是指Manuscrits apocryphes（伪造手稿）。伪作繁殖之快有如制造小面包或阿梅丽·诺冬[①]出版小说。近百年来，数十位作家（其中语言粗制滥造者称为“仿手”）确信挖掘出华生大夫某件未发表的手稿或一部夏洛克·福尔摩斯的即兴简历。

该作何感想?要么，这些发现者说的是真话，而且人们又乐于大惊小怪闹神经，这就推动诸多与夏洛克·福尔摩斯接触过的

① 阿梅丽·诺冬，法国当代畅销小说家之一，几乎以每年一部的速度在出新书。

人费心劳神编写一个段子立刻藏到谷仓底层或银行保险柜里；要么，我们得同或多或少有点见利忘义的仿手打交道，而且人们一定会注意到，仿手们的所谓手稿都有两个明显的特点。

第一个特点就是把福尔摩斯的未知面曝光，所谓未知面就是他稍纵即逝的一面。这样就不怕查证了，因为夏洛克·福尔摩斯非常大众化，他在我们见到的不同手稿中接触到的名人名单令人印象深刻：卡尔·马克思、阿尔伯特·爱因斯坦、西格蒙德·弗洛伊德、莎拉·伯恩哈特、哈利·胡迪尼、亚森·罗宾、玛塔·哈莉、本尼托·墨索里尼、歌剧魅影、德拉库拉伯爵、傅满洲博士、德雷福斯上尉、哲基尔医生和海德先生、开膛手杰克、阿尔蒂尔·兰波、人猿泰山、洛特雷阿蒙、布拉姆·斯托克、保罗·普雷布瓦、奥斯卡·王尔德，等等。（小游戏：名单中有一位入侵者。）

这些未发表的手稿还有个常用套路，就是让福尔摩斯远离伦敦有害的雾霾到外地去旅行。于是他随着故事的进展，来到瑞士(《爱因斯坦与夏洛克·福尔摩斯》)、意大利(《夏洛克·福尔摩斯与神秘的派力奥》)、奥地利(《百分之七溶液》)、科西嘉(《福尔摩斯的仇杀》)、第二帝国的阿尔萨斯(《夏洛克·福尔摩斯与神秘的国王城堡》)、印度(《夏洛克·福尔摩斯对玛塔·哈莉》)、西藏(《夏洛克·福尔摩斯的曼荼罗》)、巴西(《这是常识，我亲爱的莎拉!》) 以及诸多其他目的地，甚至超出地球乃至远到平行宇宙去(《肢解牲畜的本能》)。

大家可以对此思考片刻，这些仿手们通过自选的人物和背景究竟要说明什么呢？柯南·道尔描绘的大世界的讽刺性、独创性和奇幻性又意义何在呢？夏洛克·福尔摩斯把时间花在解决伦敦小布尔乔亚的家庭问题或乡下地主的日常生活问题岂不更有价值？难道原作者对其人物不胜笔力？

说到底，这可能就是一种神话：一个天分超出造物主的人物；一个集体想象力远胜原作者想象力的生灵；一个连续几代作家移花接木指望将他人形象据为己有从而最终可以够得上自己水平的形象。

一个人物造就了一个作家，而不是相反。

5月5日　星期六

当奥斯卡说出夏洛克·福尔摩斯曾孙的结论时，大家可以从他的目光中读出候客厅里赎罪牺牲品的不安恐惧。继雪崩强行封锁之后，又发现了罗德里格兹的尸体，而且大家都等待波波教授做出决定，似乎不断累积的紧张气氛还不够，你看看，他现在又在同仁面前挥舞着一天之内提交的第三份未发表的手稿。

十字架越背越沉重，压力并未就此减轻，但我们内心强大的替罪羊应有吉星高照：正当报告厅里一股怒潮扑向讲台上呆若木鸡的可怜报告人时，大家听到了一阵响动。

好像是一个沉重的物体掉了下来。就在我们的头上。楼上。

所有的人都惊呆了，眼睛只盯住天花板看，仿佛西斯廷教堂快出现了。有一段时间全场鸦雀无声，而后响声又起，震耳欲聋，比刚才还厉害。全场无不笑逐颜开。

“救援人员！”多洛雷斯叫了起来。“他们到了！哈利路亚！”

“他们只好从屋顶过来，”佩尔舒瓦肯定地说。

“我们得救了！”格鲁克欣喜若狂。

“到了该试一试的时候了吧？”波波问。

“快，去看看！”奥斯卡道，他趁机牺牲报告，自告奋勇领头冲出会议厅。

登楼拾阶而上难比戛纳电影节走红毯的魅力，但楼梯上的欢笑却显得更为自然。一想到能重见天日无不洋溢着生还的喜悦，就连杜里厄教授也嘴角微翘表示满意连连。但乐极生悲，上楼后反而更让人失望了，再也听不到任何动静。大家一个房间接着一个房间地排查，到处一派死寂，一直查到多洛雷斯门口才有情况。是的，分明听到门后有响动，声音很难辨认，但颇有规律。失望变成了不安，如影随形，无处不在。

“这不是救援人员，听这儿，”格鲁克悄悄道。

“你干吗说悄悄话？”佩尔舒瓦悄悄道。

“因为如果不是救援人员，会是谁？”格鲁克答道。

“您去看看，多洛雷斯，这是您的房间，”佩尔舒瓦道。

“为什么我去？我怀着孩子！唉呀，我紧张得要命，浑身抽搐！”

“别呀，发发慈悲吧，”伊娃道，“这几天经历的恐怖够多的了，您都没有下崽嘛！”

“我乐意做什么就做什么！如果您跟我不客气，我就生给您看！”

“好，我来，别吓唬人，”迈克哥纳罕宣称，“我去瞧一眼。”

“我跟您一块去，”奥斯卡说，下决心用自己的英勇举动让人忘掉那场多灾多难的发言。

两个男子汉进入了房间，用手电照了照，房间似乎空荡荡的……然而，老听到有响动……声响好像出自……对了，来自浴室。奥斯卡用手电照了照浴室半开的门……好像有人摸黑乱翻东西……大家屏声静气，大气不敢喘一口，只有多洛雷斯气喘吁吁让人放心不下，她双手捧着肚子，好像抱着一个大盒子在搬家。奥斯卡走了过来，推了推门，声响忽然停了。他照照盥洗盆，照照镜子，照照浴巾，照照蠢动着的大毛毯，照照浴缸，照照挂橱……一团毛茸茸的大毛毯在蠢动？

奥斯卡再次用手电对着活动毛毯照了照，毛毯居然不在原处了。这就可以说明，毛毯在室内正趁着黑在我们大腿之间移动着……我们那些最歇斯底里的脑子里正胡思乱想，恶心的念头及其后果正要光临之际，格鲁克提着一盏大汽灯来了，整个房间都被照亮了。那家伙终于暴露了，只见它躺在床上舔嘴唇：这就是会动的毛毯。

“这是什么，这家伙？”伊娃问，感到好恶心。“一只巨鼠？”

“可是不像！”多洛雷斯顿时怜悯起来。“这是一只旱獭！太可爱了……”

“可爱？”伊娃做了个鬼脸，“我更明白您的着装嗜好了！它在那干什么？这只小家伙？”

“一看就知道，它在化妆，”奥斯卡解释道。

“她喜欢口红，”迈克哥纳罕加以证实，“它可以把您的整管口红全啃掉，多洛雷斯……啊，不……我看我不得不纠正一下，应是稍作反刍……”

“要不然，它吞下的脱毛膏还没有消化吧？”佩尔舒瓦问，手里拿着一支空管子。

“不管怎么说，”奥斯卡道，“它看上去脏兮兮的，这个小家伙。”

真的，它的眼睛有黏液瘤毛病，牙齿过于发黄，跳跃肌每十秒钟动一下，鼻孔还塞了根棉签，它似乎是从一个平庸的童话故事当中逃脱出来，进入了一部恐怖影片。从寻找妈妈的可爱小土拨鼠肉嘟嘟摇身一变成了啃噬老人的转基因动物拉左贝克[1]。吓死人了。

“旮旯里有核电站？”迈克哥纳罕问。

躺在满是棉签的床上暂时吃够了开胃菜脱毛膏，小家伙灵机一动要求吃快餐肉了吧。它转动着红眼球看看眼前这一帮子人，似乎看准了它就要下口的主菜了。如今，我们已经被盯上了，如果想避免被纳入主菜单，那就务必快速采取行动。

面对新情况总是无畏的，团队采取了急流勇退的战略。一旦撤到走廊里，立刻将房门关上，作战委员会召集战略家广纳良策的时刻到了。

“可以用烟熏它，”格鲁克提议道。

“这里缺的就是一场火灾，”伊娃一语道破。

“是不是可以用下毒的饵料？”多洛雷斯问。

“它对您的日用脱毛膏已经产生了抗药性，它的胃是战无不胜的，”伊娃说。

“可以用食物分散它的注意力，冷不防给它当头一棒！”佩尔舒瓦出击了，他很可能需要发泄。

---

① 澳大利亚恐怖电影《猎魔》中的巨型野猪。

面对如此这般的“侠骨柔肠”，我忍无可忍只好进行干预了：

“毫无道理对它使坏！可怜的家伙没有损害我们一根毫毛！”

“您看到它的头没有?”伊娃说。“简直是巴斯克维尔的旱獭①!”

“如果它让你们害怕，用床单把它蒙起来就是了，”我回答道。“然后给它找一个地方把它关起来，等待救兵到来。”

“好主意!”迈克哥纳罕称赞道。“谢谢您挺身而出甘当志愿者，奥黛丽!”

多洛雷斯·马诺莱特致圣-弗若修道院院长的信

一只怪物躲在我的浴室内！弄得我无地自容！我的全部隐私全公开在团队面前，他们任意踩踏我的地毯，伊娃一边抚摸我的细软内衣一边讽刺挖苦，就连年轻的奥黛丽和奥斯卡也合伙教训我！

女服务生一心一意照顾落难的旱獭，但大家都明白她实际上打算关押的是什么动物！准没错：奥斯卡听命荷尔蒙摆布，自愿提供帮助。就这样，两个小年轻投入了保护大自然错误的行动中去……我就不说我当时真希望他们被旱獭咬一口，因为要像爱自己一样爱身边的人，但只要用爪挠一挠就会让他们变得实际起来……竟然要过一个小时才能看到他们出来！在这段时间里，他们在房间里干了什么？您作为一个

---

① 影射福尔摩斯探案故事的代表作之一《巴斯克维尔的猎犬》。

神职人员，我不要求您浮想这种事，但奥斯卡满脸傻笑分明已经露出了破绽……为了表示我对他们的交配不感兴趣，我就要求女服务生在为我们进餐服务时要先洗手，千万别让我的宝贝染上霍乱病菌。您知道吗，这个不要脸的女人竟然敢回答我什么？她说星期六是她的节假日！

像这个样子，神父，当文化被埋葬（被雪埋葬吧？），文明的末日也就不远了。

阿门。

啊对了，我忘了一件事情！我用蜡油美甲时，种种问题不期而至，脑海里突然闪出这个念头：继今天早上罗德里格兹暴死楼梯和我不得不冲凉水澡之后，今天下午我们又经历了第三场灾难，您肯定不会相信：第二个福迷已在劫难逃！一个非基督灵魂乐于降低竞争的激烈程度……啊，有那么一些人灵魂阴暗！

5月5日 星期六

本杰明·卢夫斯最近一次旅行可以说是默默无闻地跟随杜里厄教授，傍晚时分出发，夜间到达，虽然在我们当中他只是一闪而过的亮光，却值得铭记在记忆里。可是，这里几乎没有人想起他……

由于卢夫斯只是一位大学生，还没有资格登上学术殿堂，他不在现场也没人在意，更没人感到不安，直到我和奥斯卡把旱獭藏在罗德里格兹原来住的客房里保护起来，为它准备好吃喝的东西后，才下楼来。根据他们的口味，认为我们“在房间里驯服旱獭这出戏”持续的时间有点长，无精打采的中老年男子想入非非进行含沙射影，待他们的兴趣一过，我萌生了一个主意，我们可以就此开展一次调查研究。大家都嘲笑女服务生紧张的样子，迈克哥纳罕还自荐要帮她放松一下，可当我们最终发现尸体后，心怀鬼胎使坏的人就所剩无几了……

卢夫斯最后所处的地方，我周围的知识分子们是可以想到的，他们对这个奇幻空间有所耳闻，那些人似乎都来自另一个星球，生活就是在成套的组合设备里拉练肌腱，挥汗如雨：原来是一个健身房。

这么说来本杰明·卢夫斯是在进行体育锻炼？先不管这样一个词可能激起普通学人的反感，事实明摆着：根据他那相扑选手的身材，卢夫斯绝对是健身的新手。难道是他那五颜六色的奇装异服歪曲了我们对他真实计划的判断？实际上，进入健身房，只要更贴近一点看看眼前的画面，就能发现杜里厄的学生惊人的自我挑战：血肉之躯想要和动感单车融为一体。

人与车深情地拥抱在一起直躺在地上，如胶似漆，羞得我们差点扭头不敢正视一眼。大腿和车把勾搭，嘴巴与蹬板吻合，车座同胳膊纠缠，人机杂交的半圆展示，淫秽与迷幻兼容，玻璃眼球和闪亮的计程表盘眉来眼去。风流韵事甚至转向到第三方，因为安在强壮底盘上的一个哑铃架加入了人车交战的游戏。各种尺寸和重量的哑铃撒遍交欢大厅的地面，划船机前激情澎湃的欢腾雀跃历历在目，还有二头肌训练器和一部腹肌训练器在暗送秋波。场景见所未见，简直可以说有点性感，但那里却有一个水坑。

污黑的水坑包围着卢夫斯的头颅。分明是哑铃受虐狂的血腥场景。体育有害知识分子的健康在此得到证实。

但在这淫秽的画面里最令人惊讶的却是卢夫斯做动作时撕坏了的T恤衫所裸露的样子：上身没有胸毛，却有类似脂肪的东西，戴着一副G杯花边胸罩。

“乳罩，奇思妙想，”迈克哥纳罕分析道，“它聪明地掩饰了对人类的共情，设身处地为人类着想。我亲爱的伊娃，我以为，我们终于抓到了您要找的窃贼！”

这是灵魂的死亡，我们把该诅咒的情人们的灵魂分开，让卢夫斯到冷库去与罗德里格兹做伴。“让他们并肩躺在一起，这样也许可以得到点人间的温暖。”迈克哥纳罕建议道，这样也可以保全声誉。佩尔舒瓦为了有别于自己的直接竞争对手，他要求大家静默一分钟，惹得多洛雷斯大发雷霆，差点把苹果手机捣碎了。至于伊娃，她趁机收回自己被盗的内衣，那乳罩看样子被拉抻得令人恶心。最后，杜里厄教授为自己的学生致哀，悼词感人肺腑：

“就像华生在《黄色的面孔》中回忆的那样，‘福尔摩斯把没有目的地使用力气视为浪费精力，他能不花力气就不花力气，除非是为了达成某个职业上的目的。’因此，本杰明·卢夫斯灾难性的运动事例可以为我们提供一个教训，可以让我们重温福尔摩斯的金玉良言，从而实现精神的升华。”

“阿门，”多洛雷斯祈祷道。

“至于本杰明对女人内衣的嗜好，我承认在探案集中找不到任何蛛丝马迹可以阐明原因，恕我不发表任何评论。”

“我觉得这样做比较好，”伊娃肯定道。

“我只是要重提我的惊讶，女人哺育婴儿的性腺对男人竟有那么莫名其妙的吸引力，我说的是没有遭到地球引力影响的坚挺的乳房。”

“那好吧，”多洛雷斯叹口气说，“您挺善于跟女人说话，您……”

听着杜里厄富有诗意的狂放讲话，同时为了继续演好我的角色，我挥洒了几滴眼泪，居然能引起诸位先生迫切的关注和两位女士充满杀机眼神的青睐。我们在一天之内已经死了两个人，但这事似乎还没有对我们的福迷们造成干扰……因为，没有任何人会想到我们将引爆所有统计数据，也没有任何人会认为，瑞士高山牧场比纽约的布朗克斯街区更有危险……

伊娃·冯·格鲁伯笔记本

多洛雷斯的论文：有趣的巧合，多洛雷斯自从受到男性同行的冷落后转变成女权主义者。根据是对福尔摩斯的女仆感兴趣；开始意识到自己的真实水平。

格鲁克的论文：自从他的罗宾妄想症发作后，这个侏儒又碳化了百分之九十（甚至更多，我客气了）。

奥斯卡的论文：夏洛克·福尔摩斯的曾孙？不必发表评论侵害人的尊严。

简介卢夫斯：如此这般转转转三圈后没了……

5月5日　星期六

晚上缺乏光明，缺乏热量，但没有搬弄是非的嘀嘀咕咕，也没有斜眼看人的眼神。晴雨表预报天气：“阴沉，有风暴。”我真不知道该怎么办……

处在一个四分五裂但执着痴迷的团队中，我一开始仿佛觉得是在度轻松休闲的周末呢。我饶有兴趣地观察，一些有教养的成年大脑如何能面对大批量的游戏而返老还童……而后我们遭遇大雪崩并得到两具死尸。

当时，卢夫斯迷恋文胸这件怪事掩饰了真相：一场大屠杀游戏千真万确早已开始。这一段经历还提醒我们，决不可轻信表面现象，经历之后，有一个教训对我们本来是极其有益的……但在这第二天晚上，还没有人意识到所有这一切。我们已经与世隔绝，已经死了两个人，而福迷们却若无其事，还在继续开学术讨论会，似乎除了夏洛克·福尔摩斯重要外，一切都微不足道……

至于我，经过一天的讨论会，我进行了反思，我越是听多了有关福尔摩斯的发言，就越觉得不靠谱。每个人似乎都在福尔摩斯身上投射自己的人格，自己的欲求。每个人都想把福尔摩斯据为己有，把自己看成是福尔摩斯回忆录的争风吃醋的看守，生怕别人夺走宝宝的监护权而活在痛苦之中……这是一种痴迷，迷住了他们心窍，放大了他们自己，成为他们生活的动力。

但是，也是这种痴迷正在把他们摧毁。

让-帕特里克·佩尔舒瓦笔记本

大师，我花很长时间来说服自己相信您关于女人的教诲。我不愿听到您的消息，我顶不住您的魅力。但经过这个晚上这段经历，我缴械投降了。我承认我的盲目，我放弃了女人。

这次惨痛经历的背景何在？就在波波教授的房间。餐后我到他房间去转一转，当时波波正在客厅喝杯餐后酒。他的房门虚掩着，似乎是欢迎访客光临……我真有点迫不及待。我该看看我的同行们所谓未发表的手稿……只要瞄一眼就行，然后便回去睡觉：事情究竟如何，下面就是我的发现。幸好一切尚未失控。

我像刚出道的梁上君子一样提心吊胆地走进房间。必须先下手为强。他把手稿放在哪里？从何下手好呢？我来不及回答自己的问题。因为，突然，我听到门上有动静……

有人转动门把手！我大吃一惊，但兴奋的肾上腺激素让我迅速作出决断：发出掩饰的叫声，熄灭手电，滚到床下。门打开了，我刚躲进院长的床底下，脑袋撞在了橡木弹簧床之上。一束光照，脚步声，翻动纸张的沙沙声，屋子里很忙乎，我尽可能屏声静气，唯恐心脏停止跳动。我想象得到我将以平生最委屈忍辱的姿态度过黑夜，就在此时，我看见了动静，看见手电光束里影影绰绰的来回招摇：尖尖的高跟。

露出涂了金色指甲油的脚趾头，宛若明星装扮，即使是新手级别的福迷也会提出两个猜想：要么是波波以惊人之举来博出位；要么，翻床头柜的那个人是……伊娃·冯·格鲁伯！

此前，我万万没有想到。因为，突然，料您也万万没想到，我听到房门传来一阵响动……

脚趾头不见了，手电光也没了，门开了，我的头颅本来就很难受，此时，又受到一件钝器的撞击：伊娃的头。二分之一受到碰撞，四分之三被一只耳环钩刺痛，我一时不明白发生了什么事。又一道手电光，房间里又有脚步声，然后，伊娃的手封住我的口。这只手分明是要我别出声，好吧；但毕竟是伊娃·冯·格鲁伯的一只手呀！

我被这迷魂的艳遇陶醉了，于是色胆壮了起来。尽管处境十分难受，床边还响动着脚步声，但我置若罔闻，随便用一只手按在伊娃的左乳房上，作为献给这位得意洋洋的女性顺乎自然的祭品。作用—反作用：我吃了一记组合拳，硅胶球弹的撞击，还有膝盖的袭击。用完了拼盘冷菜之后，我期待着回报的主菜，客随主便吧。然而，毫无动静。我的施行者已经中断了服务。因为，突然，您简直不敢相信，又听到房门有动静……

手电熄灭，入侵者在室内跑动起来，一个壁橱开了又关，门轴吱吱嘎嘎作响。我趁机把这场竞赛回顾了一下。我进房间来只是为了瞧一眼手稿原件，结果搞得脑袋开花，鼻子酸疼，裤裆闹得呜呼哀哉。在我的身侧是我那妩媚的刽子手；在壁橱里，是我那匿名的同行，江湖艺人的门徒；而在客厅里，则是波波。是波波吧？或者是另一个入侵者？因为后来者似乎不动声色沉得住气，而且我没有听到任何喘气声，可哮喘恰恰是我们亲爱的院长全部魅力之所在……

趁着陌生人搜索房间的时候，我闭上眼睛品尝近在咫尺的伊娃那绽放的肉体。我听到她受到挤压而气喘吁吁，我感觉到她贴在我肌肤上的热度……伊娃甚至魂不守舍了吧……我的手得寸进尺，摸到她的肚皮上。只感到她浑身颤抖，然后像一阵电流一样激荡我的全身。搞定了，我们通电了！不管怎么说，我刚才就是这么想的，但却闹出声响来，就像每一次，我用一只钢铁般的男子汉的手掌玩弄胡桃夹子。

我的声响使搜索房间的陌生人惊慌失措。吓得他把手电掉在地上，手电滚到床底下，照亮了伊娃的脸，只见她像食人族那样呲牙咧嘴，让我的好事欲望终于成了泡影。而后，入侵者把手摸到床底下，想重新抓到手电筒。他摸来摸去，一只手摸到了我的脚丫子，又摸到我的膝盖，然后摸到了伊娃记仇的拳头，终于明白出了问题。入侵者站了起来，我从手电光束中看见了带粉色绒球的拖鞋，拖鞋主人的名字立刻溜进了我的脑海，一个事故加快了狭路相逢。

因为，突然，您也许不相信，又听到门口有响动……

不早不晚，波波教授来得正好，我夹在伊娃和多洛雷斯之间成了三明治。因为，这肯定是多洛雷斯的拖鞋，刚才它显眼地出现了好几秒钟，她是听到波波教授进门后才连滚带爬躲进床底下的。我简直不敢想象，女人怀着孩子，躲进床下该让大肚子忍受多大的委屈，但这只是这个可怜的孩子不得不为余生而提前体验的滋味……

我就像是夹在两块面包之间的火腿肉片，顺从地等待我的命运。我的职业生涯即将戛然而止，终结在一块发白的地毯上，两侧各是一个雌性怪物。波波教授在床周围扔下衣服，一边哼唱《海绵小人》，像是一张损坏的唱片，两个魔女陷入了你死我活的斗争中。伊娃想把多洛雷斯推出去，趁着波波教授吃惊的当口逃出房间。可问题是，多洛雷斯也正有此意，两边施加的相同的压力把我挤成了一根热狗。

过一会儿，两位复仇女神把我当肉团拿捏了半天白费劲，便开始了新阶段的决斗。伊娃顺手抓到波波的领带抽打多洛雷斯，而多洛雷斯则用院长的三角内裤为武器，接连扇了伊娃好几下。而我呢，我夹在当中两面受敌……这太过分了！用领带鞭笞，还说得过去，在奇幻案情危急关头往往可以渡过难关，但用波波穿过的内裤劈头盖脸地抽打，这简直就是纯粹的变态了。

我决定要断然反抗，发出现代男子汉反抗女权革命折磨的呐喊，波波闻声惊恐万状，疯狂扑倒在床上，犹如牙膏塞进假牙缝隙，他的身子正好压进两条弹簧中间，弹簧床爆裂，暴打着我的胸膛，与此同时，弹簧床挣脱所有束缚，差点塌陷到地上，压得我喘不过气来。一瞬间，我经历了一生最大的挑战，可不是好看的呀。难道我将这样窝在老家伙臭不可闻的床底下了此一生？即使是命运多舛，哪怕走遍天涯海角，也不至于落到如此丧魂落魄的地步吧，但一个意外的事故让我有了喘息的机会。

因为，壁橱门有响动。

您还记得吧，大师，不是有人急急忙忙躲进壁橱将自己关在里面吗？那不就得了，壁橱门吱嘎响得好厉害，好像有人倒在地上。波波大叫一声，打开他的手电，急忙从床上起来，也让我摆脱了两个女人的夹击以及每立方米重达 200 kg 的席梦思的桎梏，我终于松了一口气，贴着地板看清了那位破橱门而出的陌生人的面孔，他正在啃地毯呢：原来是格鲁克。

我们的目光瞬间不期而遇，格鲁克张开嘴巴，但波波的呼喊提醒他回到现实中来。“哦，嘎努卡！”① 波波嗷嗷乱叫，连假牙都来不及装上。

格鲁克重新站了起来并迅速冲向房门。波波空口无齿，大呼小叫一气，急忙扑向他的急救箱。而这边，伊娃、多洛雷斯和我，我们的想法不谋而合。我们心照不宣，一言不发，从床底下爬了出来，一溜烟奔向走廊。格鲁克被逼到一个角落里，面对波波无齿的声嘶力竭的法语嚎叫，就像淘气的小鬼一下子吓懵了，露出一副尴尬相。各家房门都开了，都想看看热闹。我们的三重奏在整个走廊里引起了顺乎自然的热议。

“发生了什么事，教授先生？”伊娃问波波。

“我们是从酒吧赶来的，刚才我们在酒吧进行同志式的闲聊，”多洛雷斯接着说。

“我们来时就是眼前的局面了，”我补充道。“同格鲁克在一

---

① 波波教授本想说：“哦，格鲁克！”

起，瞧，还行吧，格鲁克？您脸色苍白嘛。”

“Gné gnui！Gni gnétait gnan gnon gnacard！”

“噢，”多洛雷斯深表同情，“您要我去为您找另一副假牙？您几号房间？”

经过多洛雷斯殷勤伺候，波波教授的口腔重新装上了假牙（她因此加10分），这样波波就可以为我们详细解释格鲁克张皇失措的表现了。

“他敢做这事？”伊娃愤愤不平，轮到她得10分了。“不过，说到底，格鲁克，您多大岁数了？”

“不管怎么说，这与索邦大学的教授身份不相称！”我补充了一句话，为的是追上比分。

“我很抱歉，”格鲁克哭丧着脸说。“但在房间里不止我一个人！”他手指着我又说。“我看见佩尔舒瓦教授躲在您的床底下！”

“在我床底下？”波波一下子气不过来。

“您胡诌什么？”多洛雷斯怒问道。

“您不害臊吗？”伊娃火上添油。“既然您在那里，您索性说您看见了多洛雷斯和我也在床下好了！不必客气嘛！”

“丢脸！”波波吼叫了起来。“格鲁克先生，我们再没有什么可说的，我劝您与世无争，直至让我们得到解脱，没有必要一语道破嘛，您竞争福学首席教授职位的候选资格已经丢了！”

波波撂下这一席话，怒气冲冲说着转过身去，堕入了多洛雷斯房间的深渊，因为他居然忘记自己房间之所在。我们三重唱一致对外，个个心满意足，目送格鲁克趿拉着拖鞋回到自己的住所，我们各有打算，只是心照不宣罢了，因为建立在损人利己的共同利益之上的友谊可以压倒任何前嫌。当我们躺在各自的床上依稀入睡时，我敢肯定，我们三人异床同梦：“又少了一个竞争对手！”

不过，幸灾乐祸的奇迹过后，遗留问题依旧，所谓未出版手稿的故事尚未水落石出……这里发生的事情离奇古怪。当天，三位当事人挥动“无可争辩的确凿”证据信誓旦旦。而这对我是一个冲击。因为您是知道的，大师，我也发现一份未出版的手稿。

※

在贝克街旅馆的大堂里，躺在担架上的学者尸体排成队列。波塞冬、弗利波和里加特利观察着具具横尸，个个面无血色，而雷斯垂德探长无动于衷，继续浏览文稿，一言不发。

“透透气我们会好受一点。”旅馆经理说，他感到难受，“现在窗户积雪已经清除了，我去打开一扇吧。”

“不可，”探长暂停阅读，准备更新一袋烟。

“不过，我们太憋屈了，何况……”

“‘我觉得一个封闭的气氛有助于集中精神，我还没有达到关在盒子里进行思考的地步，但这是我自信的逻辑结果。’这就是夏洛克·福尔摩斯在《巴斯克维尔的猎犬》中宣称的，我完全同意他的意见。因此，还是不开吧。”

“呵呵……”弗利波犹豫道，“那我到洗手间转转。福尔摩斯是不是对洗手间也有什么说头？”

“下士，”雷斯垂德会心一笑，“我祝贺您会花言巧语了，福尔摩斯听了一定会对您大加赞赏，他的幽默我们往往意想不到。”

“但是……”弗利波又犹豫了，神色尴尬，“这不是幽默……”

第三天

我的生命、意志为理性服务（反之亦然）。

——杜里厄教授语录

我们面临的形势很微妙，同行们的表现缺乏掌控自己的能力，这种缺失，后果堪悲。两天的高压态势加剧情感冲动，兽性发作，回归穴居原始生态。

我总觉得我出生太早，我们的人类太年轻，我相信，再过几个世纪，像我这样的人将生活在爱好和平的和谐环境里，远离原始的本性，可我们的现代人却被原始本性所奴役。文明的指甲油涂层还远未凝干。要让类人猿变成真正的人还需要很长时间。出生太早，人类太年轻……也许我的使命就是当好引领向导？任务重大。今早就是新的例证。

我曾经建议，我们七点钟准时用早餐，实行严格的作息时间表是走向理性社会的第一步。但到了八点，仍然只有我一个人在餐厅为身体器官补充卡路里。直等到八点半才看见第一盏灯出现，多洛雷斯·马诺莱特来了，念的是第一遍叹苦经。事实上，我们可以提出这样的基本原则：从起床开始，与他人的关系就建立在诉苦的基础上。关于多洛雷斯，除了她挺着大肚子强加给我们的下作变态之外，我们还应该消化理解她的苦衷，要在不明不暗的环境中展现深肤色之美有多难，耳背却不可让人看出有残疾，还要做出给人打招呼的样子，这瞬间表现实属不易。无独有偶，对待眼睛失明也有类似多洛雷斯的情况。

我这个老实人在早餐餐桌上正面临着煎熬，如同置身于投诉点。一个说睡不好，另一个说洗澡只出冷水，再一个只喜欢咖啡豆现磨现煮咖啡。人不能不管不顾身体，只能对它百依百顺，除非用忧虑来替代抱怨，转移对肉体的关注，因为这是人体运转的关键：忧虑会遮蔽不满。面对没完没了的抱怨，我决定用吓唬的办法转移他们的注意力，我一语道破早上不正常的现象：

“亲爱的同仁们，有谁知道格鲁克教授在什么地方？他还没有下楼来用早餐呢。”

多洛雷斯·马诺莱特致圣-弗若修道院院长的信

神父：

幽闭的经历在我身上产生了惊人的作用：各种形而上学问题向我袭来！举例说吧，伊娃那填满硅胶的肉体在体会到地狱之火的厉害时会产生什么样的化学反应呢？又如，迈克哥纳罕果真是反基督的化身吗？再如，杜里厄教授是不是一个幽灵啊？他对冯·格鲁伯之流的妩媚无动于衷，这说明他是一个有品位的男人；但他对我的魅力也无动于衷，我猜是因为我即将为人母，他是一个彬彬有礼的男人；可是，他同我面对面用早餐，却闭着眼睛不看我一眼，让我后脊背阵阵发凉。

今天刚发生的神秘事件，格鲁克蒸发了。他不可能离开酒店，然而他又不在酒店里。那他在哪里？冰雪覆盖之下出现了新的形而上学问题：有一个叫格鲁克的人在零度环境中融化了？这倒不是说我们想念他，而是这的确有点怪诞离奇。

整个上午，我们把酒店的犄角旮旯都搜遍了，毫无结果。我们分头到各个房间去找，我在奥斯卡陪同下负责检查厨房，奥斯卡是一个很漂亮的小伙子……您知道，神父，我对天主发来的种种暗示从来都是言听计从的。我很快就明白了，主之所以在不明不暗中把我们结合在一起，是因为要我完成一项神圣的使命。应该懂得为身边的人牺牲自己，这是基督发来的信息，更何况在厨房里我觉得奥斯卡离我很近很近。就我而言，我感到有一股强烈的牺牲自己的欲望……但传经布道谈何容易，这是一个没有信仰的人！我刚刚草草地在他胸前画了一个小小的十字，他的脸立刻就变得通红了。我以为沟通之前需要稍加等待，而且耐心和毅力是我虔诚的两大支柱……您很清楚，神父，我见识过更艰难的使命。有时候，我情不自禁回想起在您的教堂深处的古老忏悔室里暗度陈仓的小小插曲。……那您呢？

5月6日　星期天

格鲁克的失踪令大学问家们大惑不解，其实他们并没有必要为此伤脑筋。他怎么可能消失得无影无踪呢？我们搜遍了全酒店的各个角落，这个问题一直纠缠着我们。如果换个环境，这种密室失踪的神秘事件很可能引得周围警察、探案专家眉飞色舞、津津乐道。尽管我们做了很大的努力，格鲁克依然下落不明。检查他的房间，只发现他的行李完好无损，文学爱好很广泛（厨房里的纳丁·罗斯柴尔德①与七星诗社的热拉尔·德·内瓦尔②），睡觉时有一只可爱的长耳兔豆豆陪伴。

度过一顿可与福岛情人节相媲美的浪漫烛光晚餐后，为了保持团队的精神，决定重启研讨会的议程。大家都希望波波教授会谈及他昨天收到的未发表的手稿，也希望他会为这神秘的发现发表点先见之明，然而，从清早至今，他没说过一句话，谁也不敢向他提问题，波波似乎比平常更分心走神，他只埋头写他的便利贴，甚至连餐盘都懒得碰一下。

我们刚在会议室各就各位，迈克哥纳罕就要求发言。他先发制人，利用先下手为强的优势制造剧情突变，语惊四座。

一开始就是惊人之举，只见迈克哥纳罕比平时更自豪，超出了我的想象之外。分明是放大四倍的© 鲍比微笑的剪辑版本，只

---

① 纳丁·罗斯柴尔德（1932—　），法国贵族女作家兼演员，作品有《对我说出爱》、《迷人的幸福，成功的艺术》、《在爱的道路上》等，其社交礼仪著作是英国王室教育子女的必备教科书。
② 热拉尔·德·内瓦尔（1808—1855），法国作家、诗人、散文家和翻译家。

见他双手插进口袋里，不带笔记，走向讲台就开始讲话，其站姿俨然是个节目主持人。

“亲爱的同仁们，我首先要对你们说，你们昨天的参与给我留下很深的印象。那么多的新披露，那么多的新发掘的手稿，言之凿凿，无可辩驳……我不敢代替波波教授说三道四。如何才能对你们做出裁决呢？任务似乎是不可能完成的。幸好，我有一个办法可以分出个三六九等。”

报告厅里谁也不知道迈克哥纳罕葫芦里卖什么药，这种不确定性混合着诚惶诚恐的心态，营造起一种电磁场。让-帕特里克咬指甲，伊娃则磨指甲，多洛雷斯则把指甲埋进大肚子里，奥斯卡则用指甲抠鼻子，杜里厄却无视指甲。

“所有的人都会同意我这样说，福尔摩斯学首席教授职位不应该交给一个头脑浅薄的学人，其幼稚见解有损我们科学的严肃性。因此，我似乎觉得有必要应用夏洛克·福尔摩斯的方法来排除有缺陷的候选者。你们都记得吧，福尔摩斯是一个多么高明的善于揭示真相的导演，他在《垂死的侦探》里假戏真做、苦不堪言；抑或在《空屋》里，他在贝克街临窗立起自己的半身塑像以假乱真。那好，这个方法跟你们玩照样有效，我最最亲密的同仁们！”

为了配合他那明显带有威胁性口吻的称呼，迈克哥纳罕在众人无奈的目光下，戏剧性地从口袋里取出一个信封：

“瞧瞧……这份就是老好人的提名名单，谁将胜出？悬念……我撕开信封……啊，大吃一惊，胜出的是……在座的所有同仁，统统获奖！”

为了加重他说话的分量，他用食指指点大厅，迈克哥纳罕事实上按下了核电钮。佩尔舒瓦的中子反应被强行压制下去，伊娃却发生了原子裂变，多洛雷斯斥责谩骂连锁反应直至形成原子爆炸蘑菇云。会场沸沸扬扬、难以形容，吵得鸡飞狗跳闹翻天，就连桌子椅子也差点要跟着造反。“假面具”、“丑闻”、“污蔑”以及世界顶级的同义词铺天盖地飞来，但迈克哥纳罕却眉开眼笑，心花怒放。

“请安静，我亲爱的同仁们，”迈克哥纳罕用抚慰的口吻接着说。“那就听听你们缺乏敬业精神的证据吧！”

“哦，是吗？”多洛雷斯挖苦道。“什么证据？”

“这很简单：你们提交的所有手稿都是假的。”

“您怎么敢下这样的断言？”多洛雷斯叫了起来。

“格鲁克挥舞的维克图瓦尔的私人日记，假的！多洛雷斯引以自豪的哈德森太太的笔记本，假的！奥斯卡提交的文件，假的！”

“这是不可接受的，”多洛雷斯气得喘不过气来。奇怪的是，其他的人却哑口无言。

“您放心好了，多洛雷斯，您并不孤立嘛。您知道为什么伊娃、杜里厄和 JPP 在座位上一言不发？因为他们同样持有一份未发表的手稿，正准备在今天向大家介绍呢！”

“什么？”多洛雷斯气死了。“JPP，这是真的吗？杜里厄，您呢？”

“我能理解他们不想提及此事，”迈克哥纳罕喜不自禁。“亲爱的伊娃，您不是要对我们说艾琳·艾德勒[1]在夏洛克·福尔摩斯生命中扮演的重要角色吗？您不是要证明她同我们的侦探已经

[1] 柯南·道尔笔下的《波希米亚丑闻》中的人物，是一位美丽动人的才女，也是福尔摩斯最尊敬的女性，是她从根本上改变了福尔摩斯对女性的歧视。四个打败福尔摩斯的人之一。

秘密结过婚吗？而所有这一切都来源于艾琳的私密日记，而这份日记是从一位老藏书家手里获得的，他曾在去年冬天与您联系过，没错吧？”

伊娃哑口无言，朱唇颤抖，假睫毛如毒刺瞄准迈克哥纳罕，恨不得将靶子捣个粉碎。

“还有您，杜里厄，您已经做好准备，要证明福尔摩斯是尼采超人的化身，不是吗？您手中掌握着一位科学家的报告，他是德国哲学家的追随者，他的报告介绍了如何利用基因操作，把福尔摩斯变成一个摆脱了七情六欲的完美机器人！”

“可是，归根结底……”杜里厄结巴起来。

“那么，最后，我要关照关照我的小宝贝！我伟大的朋友，JPP！难道您没有发现福尔摩斯是……”

“这是挑衅！”佩尔舒瓦暴跳如雷，弄得椅子都转起华尔兹。

“一个地道的丑闻！”多洛雷斯怒不可遏。“您连我们的手稿都没有看过！”

“为您感到羞耻！”伊娃肺都气炸了。“您对我们搞起了间谍活动！窃取！”

“噢不对，我看过你们的手稿，”迈克哥纳罕说，依然心平气和而且心满意足。“既没有对你们搞间谍活动，也没有盗窃你们的东西。”

“啊，是吗？那您怎么知道的呢？”佩尔舒瓦问，情绪失控了。

“这很简单：都是我写的。”

《夏洛克·福尔摩斯补白》（节录）

提到É这个字母，人们往往想到Écriture这个单词，意为“写作”：夏洛克·福尔摩斯的探案在整个侦探小说中提出了一道核心问题。读者真的能自己断案吗？作者真的会客观地向读者介绍所有的事实吗？当然喽，答案是否定的。一切谜团故事概括起来就是作家对读者的操控。因为作者总是拒绝赋予读者比自己更高明的智慧：全知全能。侦探小说是一场虚拟的游戏，作家扮演与侦探相反的角色：他不断搅乱线索，掩盖证据，将读者引向死胡同，致使罪犯逃脱读者的睿智。作家永远是罪犯的同谋。而且，作家还是一个叛徒，他有计划一步步地放出配角直到最后一页……

在福尔摩斯探案中，双重讲述模式使得问题更加复杂：华生转述福尔摩斯告诉他的破案传奇。因为，虽说华生经常陪伴福尔摩斯，但他绝不了解案情的来龙去脉。华生转录的东西，是侦探最终解释的事情。华生是编辑，而讲故事的人是福尔摩斯。只要稍微关注一下内幕细节，我们就很容易看到，福尔摩斯能让华生轻信他的自传是何等的不真实。福尔摩斯在《空屋》中所讲述的他与莫里亚蒂教授在莱辛巴赫瀑布的生死搏斗，这方面堪称登峰造极之作，华生对此却深信不疑，连眉头都没有皱一下。

我们可以将推理继续向前推进，不禁要寻思自问，侦探陷进去的犯罪阴谋都是真实可信的吗？再想一想，福尔摩斯是一个健谈的机器人吗？他总喜欢有一个崇拜他的听众跟随左右？再想一想，福尔摩斯把演员们引进自己的公寓与他们共演了开场好戏，这是专门为华生导演的喜剧吧？该剧的主题难道不是福尔摩斯讲话的核心参考文献？

不过，假如说华生根本看不出同福尔摩斯讲话的破绽，这是因为他根本不想看到破绽。福尔摩斯说什么，华生全盘统统接受，因为福尔摩斯讲的，正是华生希望听到的，也就是说，这些故事将使华生摆脱庸庸碌碌的人生：有点悲剧，有点悬念，有点激情。

华生就是侦探小说读者自己的形象：一个幼稚无知的志愿者。

5月6日　星期天

迈克哥纳罕的揭秘启示使得会场出现惊人的死寂，犹如刚刚引爆的氢弹把全厅的生灵全消灭光了似的。只有波波教授鼓掌并高呼："又是一个！"

"是的，"迈克哥纳罕面对全场被折磨的听众接着往下说，"我是所有这些手稿的始作俑者。当然，手稿天衣无缝，我为此绞尽脑汁，吃了不少苦头，我处心积虑要你们'偶然'发现它们。你们可以责备我，但你们大家为了谋得这个教授职位如此轻易地落入圈套难道就不觉得吓人吗？我为你们每一位写了你们想读的故事。你们宁可相信真有其事而不愿意进行任何反思，我除了实践我们导师的方法之外，并没有任何新的招数，谁又敢埋怨我这么做呢？难道你们不是要找一个真正的福迷来担任索邦大学的首席教授吗？"

"您所说的真是漂亮极了，"佩尔舒瓦反击道，他勒了勒领带，尽量克制住满腔的愤怒。"但是我不相信，诋毁自己的同事就可以赢得首席教授的席位。是不是，波波教授？"

"是的，当然，"波波肯定地答道，节目很精彩，他听得神采飞扬，"接着来，靓丽得很。"

"您到底准备将自己的研究引向何方?"伊娃问道。"为获得福学首席教授头衔，您有什么计划? 这才是我们所期待的，而不是一条不干不净的火腿!"

"你们说得很有道理，我的朋友们，现在说说正经事，因为福学不该发表奇谈怪论。听好喽，下面就是我的计划: 我打算重建我们的研究领域，首先要从弄虚造假打开缺口，因为弄虚造假使我们丧失威信，只会招致外界的嘲笑。"

"什么叫弄虚造假?"奥斯卡问。

"这是明显的，"迈克哥纳罕说，"就是对夏洛克·福尔摩斯存在的虚构。"

迈克哥纳罕的回答在报告厅里引起一阵新的喧闹。倘若手下有一堆焚尸木材，就可以举行热火朝天的中世纪火葬联欢。

"是提出这个问题的时候了! 唯一的真正的问题! 否则，我们只好继续捕风捉影聊以自慰了，因为我们与真实性原则格格不入。不管您愿意不愿意，必须提醒大家这个显而易见的事实: 夏洛克·福尔摩斯是亚瑟·柯南·道尔于 1887 年创作的小说《血字的研究》里的一个故事人物。"

"叫他滚出去!"佩尔舒瓦怒吼道。

"把他烧了!"多洛雷斯火上浇油。

"再来一个!"波波鼓起掌来。

"呵呵，你们可以喝倒彩，但事实就在那里摆着，客观事实! 只要潜心查阅英国报纸的档案，就可以发现，从来就没有提及任何福尔摩斯负责查办的案件，而且侦探的名字也没有在任何地方出现过。所有这一切都已水落石出，明明白白……而正是这种明显的事实才有意思！假如我们以福尔摩斯之道还治福尔摩斯自己会怎么样？公众议论肯定会想，福尔摩斯是一个虚构小说的人物？为什么？因为这是一个明摆着的事实！”

会议室里的气氛让人感觉到发生了某些变化，仿佛听众超越了最初对报告人的仇恨开始认真地听他演讲了。

“我们不妨问一下，就像福尔摩斯自己发问那样：是不是早就有人想让我们相信，福尔摩斯是一个虚构的小说人物呢？”

会议厅里不知不觉泛起波澜，有人耸肩，有人伸脖，有人眨眼，迈克哥纳罕正在聚集一轮吸引力：他开始引起同行们的兴趣。

“那么，这个人是不是曾经成功地将福尔摩斯的存在一笔勾销了呢？”迈克哥纳罕继续发问。

“那是谁？”奥斯卡迫不及待了。

“谁呢？”发言人轻描淡写道。“我来告诉您。”

迈克哥纳罕站在讲台上居高临下控制了全场听众。眼见为实，事实证明他就是雄镇团队的男子汉。他把他的对手统统打翻在地，只等他的最后一击便可善终。我兴致勃勃等待着这善后之举，更何况他的报告让我回忆起历历在目的某些往事……可是，当迈克哥纳罕刚刚要张开嘴巴，波波举起手来，软骨嘎嘎响得惊人。

“好，教授？”迈克哥纳罕冷笑道，口气颇为木讷，好像广告效果毁于一旦的样子。“您有话要说？”

“我很抱歉打断您这轮演说，亲爱的先生，可您难道没闻到一股怪怪的气味吗？”

迈克哥纳罕莫名其妙挨了一闷棍，眼睛不由神经质地眨巴了眨巴，而后才用鼻子闻了闻。

“真的，空气中有点什么东西，”迈克哥纳罕答道。

“这味道让我想起一种东西，”波波在胡思乱想，“一种刚酿成的卡门贝尔奶酪，不是吗？”

“我更倾向于是一种香烟的气味，”佩尔舒瓦道。

“公共场合不许吸烟！”多洛雷斯动怒道，“我怀着孩子啊。”

“没有人抽烟呀，”奥斯卡观察一圈道。“更何况我们大家都集中在场……”

“大家都在，除了格鲁克！”伊娃准确地说。“你们别忘了，他是不可能离开酒店的！”

“格鲁克吗？”多洛雷斯抽抽搭搭地说，“你们觉得他可能……”

“对不起，我打断你们之间乏味的互动，”杜里厄教授插话，“不过，只要对实际情况稍作表面分析就足以推断，酒店早就该宣布失火了。鉴于我们的呼吸道和表皮的脆弱性，我觉得理当尽快介入而避免一切虚弱的感情用事。”

“救命！”多洛雷斯喊了起来，她宁可听任荷尔蒙的叫嚣也不要听杜里厄说话。“救火啊！”

我的生命、意志为理性服务（反之亦然）。

——杜里厄教授语录

原始人类特有的诸多可悲情感中，惊恐往往事与愿违，适得其反，后果不堪设想。没错，人们发现，人处在危险中，全身都被“求生本能”（最好重新命名为“死亡加速器”）所控制，行动总是与自己的利益相反，而且自以为是，不遗余力。

因此，当我们退化了的嗅觉最终告诉我们，酒店里发生了火灾，我的“同学们”立刻争先恐后大喊大叫着逃离会议厅，混乱，跌倒，辱骂，椅子翻了，灯盏碎了，好像在作任何决定之前，人类必须举行一场莫名其妙的祭奠“天下大乱”的盛典。

正当我写这几行字的时候，他们该到了楼上扮演起消防员的角色，这似乎是许多人（?）小时候的梦想吧。我在这里等待他们，并非因为我胆小怕事（但他们萎缩的大脑肯定会这样怀疑我），倒是因为，假如我们的同行格鲁克真的是纵火犯，那么我是唯一回忆起夏洛克·福尔摩斯曾使用过人为放火破案法，那是在《波希米亚丑闻》里，设法用火警来分散深藏不露的艾琳·艾德勒的注意力。

格鲁克一旦再露面，我就在此恭候。

多洛雷斯·马诺莱特致圣-弗若修道院院长的信

神父：

我的这些日子一开始就蒙受“埃及之殇”，颇令人扫兴。我不知道我对主做错了什么（我不明白主还如此记恨），但捻遍了我的所有大串念珠都无法使主息怒（我马上要再念一遍女皇万福的《又圣母经》）。这个时候主派发给我的诸多考验中，今天下午的考验最为可怕：《启示录》[1] 的又一次再版！

我们的会议被一种可疑的气味打断。当我们逃离大厅时，一股黑烟从楼上冒出并开始飘进大堂。当然啦，我的同事的

---

①《启示录》又名《若望默示录》，是《圣经·新约》的最后一章，据说是耶稣的门徒约翰所写，对世界末日发出预言。

反应很狼狈：伊娃哇哇乱叫，好像产下两大团马蜂窝；奥黛丽目光像小姑娘那样天真无邪，似乎在寻思，谁把契普拉塔小香肠烤糊了吧？佩尔舒瓦急得团团转，似乎在寻找网络信号要与福尔摩斯联系；至于波波，在大厅里连滚带爬交替着蝶泳和仰泳。值得庆幸的是，我在场挽救了荣誉：既不是一个人，也不是两个人，我怀着孩子冲向楼梯，命令奥斯卡和他那双漂亮的眼睛跟我走。楼上，等待我们的是一派地狱景象。波波的房间火焰熊熊。有两种可能的解释：要么是魔鬼撒旦来找伊娃，要么是波波落下点燃的蜡烛。我犹疑了（更倾向于是撒旦搞的鬼），我让奥斯卡和他那双弹钢琴的细嫩的手去弄点水来，又让迈克哥纳罕用棉被把火捂灭，而我就非常冷静地回到我的房间收拾我最贵重的细软。（我有一件全新的D&G[①]长睡衣，您看了会妒忌的。）我回来时，在我的关照下火势已经被控制住了。JPP、伊娃、奥黛丽为奥斯卡鼓掌，证明我把希望寄托在奥斯卡漂亮的使徒头上是英明的。

“您认为格鲁克应当为此事负责吗？”佩尔舒瓦问。

“我倒是想，是波波没有吹灭蜡烛，”我这么说是为了避免说到撒旦。

“这房间应当密封起来，”奥斯卡说，脑袋瓜很灵光，小嘴纹理妙不可言。“我们无法通风，只好隔离开来。”

“全烧掉了，”迈克哥纳罕指出，“波波要转移到别处安置了。”

---

① 意大利著名时装品牌。

“说到波波，他哪去了？”我问。“有人看到他上楼吗？”

“还有杜里厄教授呢？”奥斯卡补充道，说着检查了一下走廊。“走廊里也没有。”

“他们应该留在楼下。”伊娃道。

“我去看看，”佩尔舒瓦打了声招呼。

正当我指点我的同行们如何用柜子和湿毛毯封闭波波教授的房间（想起了我在教区中照看活力十足的童子军的那段幸福时光），佩尔舒瓦和奥黛丽又下大厅转转充当“救护车”去了。我利用这个空当以基督徒最热烈的感情表扬奥斯卡，可是他们很快就回来了，而且还带回来杜里厄和一个新的“瑞士之殇”。

只见佩尔舒瓦垂头丧气，好像有人切断了他的可卡因供应似的，奥黛丽手摸着前额，试图从脑袋瓜里拍打出一个好主意；杜里厄擦着右脸颊上的汗滴，表明他内心异常地紧张，于是，我明白了，波波教授不再需要他自己的客房了。永远不需要了。

5月6日　星期天

口若悬河的杜里厄教授一股脑儿把全部情况都告诉了我们。一开始，他曾经想，所谓火灾可能是有人为了分散听众的注意力。他便决定留在会议厅里，恭候格鲁克暴露。但这位仁兄迟迟没有露面，杜里厄便来到了大堂，查看一下展厅……却发现了波波。

只见院长躺倒在展厅的中央，周围都是夏洛克·福尔摩斯博物馆的收藏品。或者，更确切地说，是躺在一件收藏品里面。

水族箱。

用福尔马林防腐液浸泡尸体，等待解剖标本博物馆买家的到来，这样一个自然之错无独有偶，波波教授像子宫中安静的婴儿一样在进行着表皮补水。在玻璃柜里，他张大眼睛像鱼眼镜头那样半真半假、半死不活地直视着人间世界。狮鬃水母披散在他的头上，狮头人面，黄发多绺，顿时使他年轻了许多。几条小鱼苗像运动员那样摇头摆尾触动他的嘴唇，为他的假牙打扫卫生，仿佛是最后的告别。在他的一侧脸颊上有痂斑，一条吸盘鱼对伤疤情有独钟，开始狂热地进行蜕皮作业，一群小丑鱼家族则对他的鼻孔进行探索以寻找食物，鱼鳍在这个特殊的矿藏前欢快地摇摆着。

突然，他的假牙从口腔珠宝盒里滑落出来，这条粉色的食人鱼似乎是获得了独立自主的生命。一个水泡从波波嘴里冒了出来，沿着他的脸面滚动，惊动了一条小丑鱼，却讨好了水母，最终让污泥浊水松了一口长气。水族箱的改造已经完成。

波波神色安详，就像在前卫的温泉疗养院疗养。

波波的前额上，粘着一张便利贴："我的身体很好，谢谢。"

在瑞士的一家旅馆里，六双眼睛死死盯着水族箱，院长就装在里面。撇开这句话的超现实价值，简直可以当成一具藏尸珍（真）品（不搞文字游戏）。这已经是我们经手的第三具尸体了：先是全断，后是全血，现在是全湿。不用说，全场垂头丧气，何况水母又将波波的头全部覆盖起来，留下含有用意的谜团：是纯真的掩饰还是故意的掩饰？

我们对动物的生命稍作难过的观察，杜里厄教授负责致悼词：“我们的院长由于水渗进呼吸系统导致器官熄火，这是一个不幸的事故。除了会对教授选拔这事造成时间上的浪费，这位人物的大脑突然停止一切活动，尽管很长时间以来一直是断断续续地罢工，我觉得，从理性角度来看是非常不合时宜的。”

当然，杜里厄的措辞所流露出的感情，令人恼火；但在杜里厄方面，情况已经不错了。其他人的反应已经冒头：JPP 建议默哀一分钟，而实际持续了十秒钟；多洛雷斯在胸前画着十字，口里念念有词，援引《圣经》里几句不着边的诗句，考虑到地方潮湿，就来个尘归尘土归土吧；其他人则到酒吧安坐，说的话是两天来酒店里听到的最悦耳的：“谁想喝一杯恢复元气？”

酒店里的酒品收藏叹为观止。从马赛的茴香酒（开胃酒）到伊斯坦布尔的葡萄酒，从秘鲁的花生酒到冰岛的烧酒，这是人类聪明才智在餐桌上令人信服的证明，大小事情总能调动起来。

伊娃要了一小杯水（因为烟呛喉咙）和一大杯马提尼酒（因为激动湿润了眼睛）。多洛雷斯要了一杯无酒精啤酒，鉴于昨晚壁橱里面的小丑着实吓了她一跳，都让她转性了。至于迈克哥纳罕，他要了一杯苏格兰威士忌，并朝水族箱举起杯：“院长，为了您的健康，干杯！”

“无论是活着还是死去，您都没有明确敬重过任何人！”佩尔舒瓦脱口而出，口气里带着轻蔑。

“你是在对我说教啊，你呀你，你老是讨厌波波！老家伙死死抓住他的职位不放，这终身年金都要被他抓破了，因为这个终身制，十年来，你的职业生涯一直处在死亡线上。你该承认，终生制没了，你也就舒服了！你们大家都得承认，你们也一样舒服了，因为你们没有任何机会重新得到福学首席教授的职位！”

“我在想，还有什么比我们的情况更糟糕，”多洛雷斯大声嚷嚷道，眼神瞄准迈克哥纳罕。“与世隔绝，没有电，没有热水，与三具死尸做伴；而且还要忍受您的存在。”

“神圣的多洛雷斯，您的角色演得很出色，”迈克哥纳罕笑道。

“我的角色？您说的是什么意思？”

“团队的牢骚娘们的角色，爱唱反调的领头羊角色，只要人群中有这样的害群之马，就是灾难。”

“这个理论还有什么说头？”佩尔舒瓦叹问道。

“您很清楚，一个团队总是根据相同的原始模式组建起来的，从小学开始大家都知道这个道理。比方说，总得有一个有魅力的领导人来带领这个团队，大家欣赏他的仪表风度，他应该是大家的朋友。我们大家称善的福尔摩斯就是其中一位完美的化身，即使是反社会以及各种龌龊小人，也无不对他佩服有加，成为他们关注的中心。您看看可怜的华生如何与福尔摩斯相处就明白，这是一个货真价实的逗逗小狗与他的主人的关系。”

“那么这个‘领导’，在我们的团队里该是谁呢？”奥斯卡问。

“显然是我啊，”迈克哥纳罕回答道。

“那是，还用说嘛，至少不算自命不凡吧！”洛洛雷斯挖苦道。

“有魅力的领导总是自命不凡的。”迈克哥纳罕道。“这点大家都认同。他不像大多数受过良好教育的人那样犹疑不决，他没有陷入假谦虚的尴尬。他敢于担当，正因为如此大家才跟他走。”

“那我们就接受吧，”伊娃说，“还有其他的原始组合呢？依您之见，我算什么？”

“这也很明显，您是团队中的美女。个性解放的姑娘，让所有人想入非非。”

“这么说我该谢谢您吧？”

“不一定，这还不是最讨人喜欢的角色。除了长相外，我说，团队的美女应当充分意识到自己的妩媚，并演好这个角色。坦胸露肩，笑声朗朗，与小伙子欲触未触，若即若离。简单说来，就是变相操纵。”

“这样一来，奇迹就来了，”多洛雷斯道。“您总算说了一次靠谱的事。”

“那是，我忘了，”迈克哥纳罕未等伊娃回过神来就补充道，“美女让团队的男子汉们个个都发疯，但她只能跟领导睡觉。”

“那个美女，肯定是最优秀的。”伊娃冷笑道。“您尽可以没完没了地做您的美梦！”

“您错了，昨天我搜查酒店时，找到一台油炉子，我向您保证，您可以在我房间里度过一个暖烘烘的夜晚……”

“一个油炉子！”多洛雷斯怒不可遏，“而我们呢，我们大家整夜冷得打哆嗦！”

“没错，多洛雷斯，这就是领导！这就是为什么您错过了机会。亲爱的伊娃，我们的时间不多了……”

“您是什么意思？”奥斯卡问。

作为打包的回答，迈克哥纳罕只指了指波波教授受过惊吓发木的尸体，我们大家竟把它忘掉了，也许是为了抚慰我们的恐惧，也可能是因为它与环境已经融为一体了，在水族世界扮演起新的角色。

“波波是被谋杀的，就发生在我们试图灭火的当儿。有人利用混乱作案。”

“谋杀?”多洛雷斯喊叫起来。“这就怪了!”

“‘您会发现，怪诞经常与犯罪联系在一起。’福尔摩斯在《威斯特里亚寓所案》中对华生这么说过。”

“一桩罪案?但为什么呀?”奥斯卡惊恐万状。

“动机我觉得很明显，”迈克哥纳罕又说。“为了福学首席教授席位。”

“那您怀疑谁?”多洛雷斯问。

“我不指控任何人，”迈克哥纳罕说，“但我想知道我们其中一人的所作所为……失火时此人在楼下与波波在一起……我们杰出的同仁杜里厄教授!”

所有的目光都转向杜里厄，他正在喝他的提神小酒。没错，他没有跟其他人上楼灭火……没错，他应该是最后见到还活着的波波的人……没错，他被看作最淡定无奇的人……

杜里厄挨个儿观看我们，毫不介意，好像我们刚才是在地铁里闲聊。他喝完酒，我们彼此相对无言，陷入压抑的沉默。他终于张开嘴巴，但并不是回答我们的疑问，而是发出一阵高强度的刺耳的咳嗽声，似乎到了忍无可忍的程度。于是发生了一件难以置信的事情，一个谁也不敢想象置身其中的事件，犹如圣母显灵:在杜里厄脸上绽开大方的微笑。简直是机器人的脸上咧开一个XXL尺码的笑容。实在令人震惊。

只见杜里厄看了看见底的酒杯，不顾失礼照样春风满面，撂下了两句半话，那种惊世骇俗的表述又让我们大吃一惊:

“我想，迈克哥纳罕言之有理:我们当中有一个杀手。此人就是……”

话没说完，杜里厄瘫倒了。他僵直地倒毙。

我的生命、意志为理性服务（反之亦然）。

——杜里厄教授语录

死亡的恐惧在我的“同类”身上是一种让我大吃一惊的情感。在我看来，死亡的概念与宽慰的概念是联系在一起的。最终要摆脱这身不自在的躯体，因为它阻止精神在各种观念中自由展开。这肯定是一种可以让我释怀的前景。我一直觉得，人住在躯体内，就像在公寓里租房子，而住在公寓房里，多少有点寄人篱下的感觉，总让房客难以习惯。出租的房子慢慢变旧，房客就逐渐减少，房主从不维修，这就使得住公寓房一年比一年不舒服。

因此，我期待到时候能移居更宽敞的可以神游的所在，我脱离我的外包装，生活在美丽的星空下。我承认，我曾多次想加快无债一身轻的时刻的到来，但是，说来无地自容，求生的本能在我身上依然在运转，这种本能就像套在囚犯脖子上的一条锁链。

我终于还清了房租得以保留对身体的管理权，等待时来运转的机会。

5月6日　星期天

杜里厄的瘫倒导致我们最后的崩溃。大家仿佛置身在童话世界里，公主们一个个都变成了水晶雕像。我们大家都吓瘫了，呆若恐怖博物馆里的蜡像，然而地平线上却没有出现一个王子来挽救我们的性命。

“他……死了。”多洛雷斯嘟嘟哝哝道，一边狂躁地揉自己的大肚子。

“不，”迈克哥纳罕号着杜里厄的脉搏，脱口而出。“他出去转转，会回来的。”

“他喝了什么东西？”伊娃问。

“秘鲁的花生酒，”奥斯卡答道。“是我为他倒的，他让我随便拿一瓶来，因为如果按照我们的口味来挑选就意味着要屈服于我们的身体，这对他来说是无法忍受的。”

“还有别人也喝了？”迈克哥纳罕问，同时嗅了嗅酒瓶嘴。“没有？一个也没有？”

“您怀疑有人对这瓶酒下了毒？”奥斯卡问。

“测试一下而已，您会给我们答案，”迈克哥纳罕回答道，并递给他花生酒。

“这太可怕了，”多洛雷斯继续说，只见她瞪大眼睛来回扫射，一会扫向杜里厄粗糙的表面，一会扫向水里的波波。

“您是对的，”迈克哥纳罕说，“所有这一切很不雅观。不过，我更加确认了我刚才说过的话。我想，再没有人来质疑我的论点：酒店里有一个杀手在猖狂作案。”

“谁能干这样的事？”奥斯卡问。

“可以肯定的是，这不是我干的，”多洛雷斯说。“我与杜里厄无冤无仇，更没有理由杀害波波教授。现在，我可以把这事说出来了：我昨天晚上到波波教授房间里，他告诉我一个秘密。他贴着我耳朵悄悄说，他选中我出任首席福学教授。”

“这真是大好事啊！太好了！”伊娃大笑起来。“你没有丧失青春嘛，多洛雷斯！呵呵，我也一样，波波告诉我，他选上了我！而且他还提醒我他将对你说同样的事，以免夜里你去骚扰他！”

“骚货！”

“西班牙骚货！”

“女士们，恢复冷静好不好！”奥斯卡说。“大家都在气头上，不过，既然大家不得不在同一个屋檐下，就让我们彼此互相尊重吧。”

“呵呵，耶稣居然降临在我们中间？”伊娃挖苦道。

“我只是想劝慰一下列位英才……”

“我呀，能让我冷静下来的东西，”伊娃接着说，“那就是给几个耳光，难道你是志愿者？”

“对准左脸颊，”佩尔舒瓦插嘴道。“如果是耶稣，他就伸出右脸颊。”

“我只是说，我们应该紧密团结起来，一起去发现究竟是谁在制造这些命案……”

“奥斯卡说得对，”迈克哥纳罕插话，“我们要集中起来对付罪犯。何况，罪犯只能是我们其中的一个！那家伙应该明白，他没有任何机会获得首席教授资格，于是回归基本法则：弱肉强食的自然选择。环境框架是很理想的，我们被封闭在一个深陷黑夜的旅馆里。一切都显得十分经典：杀手要把我们一个一个消灭掉。”

“经典？”佩尔舒瓦颇感不快。

“我是说，这样的事见多了，何止上百次，”迈克哥纳罕解释道。“酒店半悬在山腰，没有人能活着出去！高涨的焦虑势必让每个人的个性原形毕露。有备无患，因为我感觉到我们的屠夫已经迫不及待：在一部精彩的悬疑惊险小说里，两起凶案之间一般有几个小时的间隔。可这里，两起命案接踵而至，梅开二度，好大的胆。”

“您好吓人!”多洛雷斯说。“您怎么能如此冷眼谈论我们眼前所发生的事情呢?”

“因为这是我的角色！桀骜不驯的领导人到死都是愤世嫉俗的！按逻辑推理说穿了，我就是下一个受害人。”

“为什么?”我问。

“但说到底，难道您没有读过任何夏洛克·福尔摩斯以外的侦探小说？难道您从来不看电影？桀骜不驯的小帅哥总是先死在先烈当中！这满足了公众的伦理道德诉求，说什么‘他是活该，再让他自高自大啊’。此外，团队中自然形成的领导没有了，就不得不来一次关系重组。谁来当头？谁来接收团队里的大美人？诸多基本问题，什么……”

“有另一种解决办法，”JPP 道。

“啊！JPP 的头脑开关终于按到‘开’的位置，赶紧利用，向来持续不长。”

“你老爱开玩笑，但我想，当你谈到面临的形势时，你一点也不激动，这很可能是因为你不是受害人，可像我们这些人……”

“您到底要说什么?”多洛雷斯问。

“简单说吧，我也去看电影。著名的‘领导’经常是掌控世界的人，而且他的野心只是神经病的表面现象。完美的罪犯侧身像，那个什么……”

“不坏，JPP!”迈克哥纳罕鼓掌称道。“你的角色演得很好。团队中被嫉妒吞噬的沮丧原型只是梦想取代领导，顺带拿走美女这个奖品……”

“随便你说什么……”

“行啊，JPP……我肯定，你一生都了解这东西。老是笼罩在领导的阴影中，难道不是吗？老是妒忌姑娘们青睐的人物。我说得不对吗？再说了，正是为了这东西你给自己扎针，嗯？JPP，瘾君子，就像你的福尔摩斯爸爸！”①

“够了！”佩尔舒瓦大叫一声，一拳冲迈克哥纳罕的脸上打去。脸没打着，却因为用力过猛，砸在地上，优美的姿态宛如跑上沙滩的大海狮。

“得了，耐心一点，JPP，我该马上让出我的位置才是，我不相信您有罪。有一个更简单的解释，另有一个失望者在晃来晃去。如果此人失望过度，就会采取行动。此人会把他妒忌的人剁成碎片。此人就是格鲁克。”

“格鲁克？您认为是他杀了波波和杜里厄？”奥斯卡问。

“是的，还有罗德里格兹和卢夫斯也是他杀的！”

“您说什么？”多洛雷斯嚷嚷起来。

“我们已经先给命案做了总结，但根据最近的案情发展，如果说那两个倒霉鬼是格鲁克谋害的头两个人，我并不会感到奇怪。还记得吧，罗德里格兹曾在就餐时扬言，他有一卷胶片，放映胶片就可以看到福尔摩斯。格鲁克很可能是要排除一个竞争对手，对待卢夫斯如出一辙，因为卢夫斯代表福迷的后起之秀。”

“真的有福尔摩斯镜头的影片吗？”奥斯卡问。“我们也许应当搜查一下罗德里格兹的行李？”

---

① 这里是影射福尔摩斯注射毒品。

“影片存在……”迈克哥纳罕透露说，但声调没有平常肯定。

“噢不……”多洛雷斯瞪大眼睛说。“可别对我们说，这又是你制作的一个假片子吧？”

“说来也巧，我也有电影人的才干……”迈克哥纳罕肯定道，只是神色难堪，这可是开天辟地第一回。

“罗德里格兹是被您的错误杀害的！”伊娃严词正告。“为了一部从来不存在的影片！真是无知！”

“当然，都是我的错！”迈克哥纳罕反击道，尴尬相稍纵即逝，以至于人们以为在做梦。“大家尽管说，我必须为一切灾难负责，要为暴风雪负责，甚至也要为多洛雷斯大肚子负责！（多洛雷斯气得喘不过来，伊娃纵声大笑。）只有一个人有罪，那就是格鲁克！因为他要花招躲在壁橱里，在波波教授面前受到侮辱，于是他失踪了！因为他失去了任何机会，所以他铤而走险。他不会就此善罢甘休的，相信我好了。”

“胡言乱语！”伊娃怒气冲天。

“您等着瞧！”迈克哥纳罕回敬道。

“打住！”佩尔舒瓦忙叫停。“不管肇事者是谁，他们是实有其人。我们最好组织反击而不是争吵不休！”

“乌拉！”伊娃挖苦道。“我们的 JPP 自从妄想得到美人青睐之后，真变得有点男子汉气概了！”

“您想干什么就干什么，”多洛雷斯说着站了起来，态度很果断，“我已经下定决心。我把自己关在房间里，只等救援队来了我才出门！我请你们也这么做，这样一来，杀手就没有办法对我们下手了。”

多洛雷斯来到厨房，抓了一大包饼干点心和十来瓶果酱，为的是不破坏蛋白质营养结构，而后上了楼梯，让披肩飘来飘去，悄悄地溜走了，就像一位悲剧女演员走进后台。我记不得是哪位说过："我们权当度假吧。"

不一会儿，伊娃也步其后尘开溜了，借口是去放松放松，我明白她刚才是找了个借口，想要逃避收拾尸体这些后事，于是我也尾随她而去。

与此同时，我要花点心思，记录下这些先生的话语……

录音材料——5月6日　星期天

迈克哥纳罕：好的，伙计们，撸起袖子干活吧。要把老人从水族箱里捞出来：如果让水母盘在他头上，这会很埋汰。我们把他和杜里厄都抬到冷库里，与他们的伙伴聚集在一起吧。大家都知道，人越多，越好混。

佩尔舒瓦：总是这么有才，让人开心……

迈克哥纳罕：谢谢，我满肚子都是主意，现在我们都是男子汉，可以敞开哥们义气，好好放松放松。现在有电的话，我们就可以喝啤酒、打饱嗝、看足球。换个话题，来个临终遗言比赛如何？

奥斯卡：什么？

迈克哥纳罕：我们可能还要在这里待上几个小时。我们正好可以利用这个绝佳时机，思考一下死之前会说什么。

佩尔舒瓦：太荒唐。难道您不做点好事？

迈克哥纳罕：有的人已经度过了成功的人生，鸡毛蒜皮也是荣耀的羽饰。可是，你不会明白。

佩尔舒瓦：唉，这还用说……

迈克哥纳罕：西默农[①]就发过话："我终于可以睡觉了。"还有的写进了歌词。乔治·贝尔纳诺斯[②]的名言"我们俩势不两立"，您以为如何？我还有荡气回肠的："哦，这只小熊多么可爱！"那是我的姨妈吉耐特说的，可惜不怎么出名。

佩尔舒瓦：您最好默默死去，这是您可以给人类留下的最好的纪念。

迈克哥纳罕：你活该，JPP。当杀手的刀锋强行与你的胸脊亲密接触时，你就离开这个世界吧，像低贱的中号蛇纹袋那样，打着饱嗝，可怜兮兮地求饶：啊啊啊啊啊，而且……

奥斯卡：打住，迈克哥纳罕！好像这东西使您很兴奋！可是……您干什么，佩尔舒瓦？放下这把刀！

佩尔舒瓦：那就让我们听听他的遗言，鲍比？嗯？在这把印第安匕首前您会说什么？假如我就是杀手？

迈克哥纳罕：我在两句话之间犹豫："它至少还没有生锈吧"和"我很喜欢您的所作所为"。

佩尔舒瓦：我敢肯定，你更是熊包！

迈克哥纳罕：你有什么好建议？啊，是的，如果轮到我把匕首抵向你的喉咙，你定会说"饶了我吧"，如此而已！啊？你惊讶了？你以为文物墙上的东西是你独享的？打从今天清早开始，我就在口袋里揣着这把匕首溜达！

奥斯卡：你们都疯了吗？你们不要自相残杀！

迈克哥纳罕：互相残杀也是一个选项，在决斗场上很常见。

---

① 乔治·西默农（1903—1977），比利时当代著名侦探小说家。一生发表小说300多部。麦格雷系列探案是他的代表作。

② 乔治·贝尔纳诺斯（1888—1948），法国当代小说家、评论家。其作品始终围绕着惊心动魄的善与恶的搏斗这一主题展开。代表作有《一个乡村教士的日记》、《圣衣会修女的对话》、《在撒旦的阳光下》、《月光下的大公墓》等。

佩尔舒瓦：从那儿绕过来，我来给你重画一张“鲍比的微笑”。

普通搏斗的声音，在花里胡哨的辱骂声中发力。奥斯卡好言相劝企图调解。白天的吵闹声突然被一声调情的喊叫打断了，伴随着高强度的尖叫声，只有粉笔在黑板上滑动时偶有的刺耳声可以比拟，还有惊慌失措的多洛雷斯。

多洛雷斯（或一根粉笔）：救救救……命！他在上头！

6月6日　星期天

我跟在多洛雷斯和伊娃后头回到了我的房间，整理我的笔记和录音，我的第二台录音机的备用电池快没电了。我思想一时开了小差，不小心调高了音量，却没想到惊动了多洛雷斯高灵敏的恐谍症，促使她贴着耳朵听隔墙的动静，小小的失误却给我们带来一场新的歇斯底里……

我听到一声刺耳的尖叫，而后多洛雷斯的房门噼啪作响，走廊里一阵小跑，三步并作两步下楼梯，最后好像是挨了死掐活勒、开膛破肚、五马分尸的鬼哭狼嚎：“他在楼上，在奥黛丽的房间！”

这一回，事情明朗化了。或者我把自己锁在房间里装死（绝非文字游戏），或者我直接与众人面对面进行解释……我来到客厅，只见多洛雷斯在佩尔舒瓦、迈克哥纳罕、奥斯卡还有伊娃面前哇啦哇啦唾沫横飞，伊娃是跟着她的老冤家下楼的。

“我对你们发誓，这是真的！我听到他的声音了！在佩尔舒瓦的头上！”

“您冷静点，放过我的头！”佩尔舒瓦道。“先说清楚是谁的声音？”

“格鲁克的声音！他藏在奥黛丽的房间里！”

“你的肚子才是不错的藏身之所，”伊娃口无遮拦，“现在里面肯定有人了。”①

“那咱们就去搜查妖精的巢穴！我告诉你们他就藏在那里！”

该是挺身而出扑灭这根引爆导火索的时候了，否则我最终将成为女巫，被放上火堆。我泰然自若、步履优雅地走进客厅，为可怜的多洛雷斯说上几句话。

“请原谅，”我开口说话，而团队却在后退，仿佛反基督者露面了。“我想对你们说，多洛雷斯并没有发疯。她听到的的确是格鲁克教授在我房间的声音。”

多洛雷斯看着我走近她，立刻用手指搭成十字，就像歌剧里唱的那样：滚开，你这魔鬼！在撒旦面前一脸得意洋洋的神色。

“啊，你们瞧瞧！她承认了，不要脸！”

“您把格鲁克藏在您的房间里？”佩尔舒瓦问，一脸沮丧。

“没有。”

“您是他的同谋，是这样吧？”迈克哥纳罕问。“我早该想到会这样，杀手的同谋在团队内部下手！”

“根本不是，您想歪了。我不知道格鲁克在哪里。多洛雷斯听到的，不是格鲁克，而是他说话的录音。”

“什么？”大家几乎异口同声。

“你把格鲁克教授的话录下来了？”奥斯卡大为惊讶。

---

① 这是伊娃讽刺多洛雷斯，伊娃一直以为她是在假装怀孕。

“我把你们都录音了。”

“什么?”差不多又是异口同声，证明大家太缺乏原创精神。

“我向你们保证，录音已经结束：我最后的备用电池已经没电了。”

“小姐，如果您不能尽快给我们解释清楚所有这一切到底是什么意思，那您就装去吧。”迈克哥纳罕说道，脸上再没有丝毫的笑意。

“现在的确到了摊牌的时候了，”佩尔舒瓦果断地说，极力高踞群体头领地位。

“问题很简单：您是谁？您在这儿干什么?”伊娃问。

我一一打量了圈子的各个成员一眼，然后我说了真话：

“我是夏洛克·福尔摩斯。”

让-帕特里克·佩尔舒瓦笔记本

“千万不可完全相信女人。即使是其中的佼佼者也不能全信。”今天再一次证明您的英明论断，大师……不过，还是让我们成为出色的玩家吧，让奥黛丽回归原来的奥黛丽吧，她骗我们是大家的小小“服务小姐”。所有同仁和我本人，都是文化精英的骄傲代表，两天来我们都把这个年轻女子看作装饰元素，其神经元联结应该只够协调动作和呼吸。到最后，她让我想起了您，大师，您的伪装天才可以征服任何人。她的冷静很像您，即使真面目被揭露后依然泰然自若，当时我们团队的人神经高度紧张，准备跳起来掐她的脖子。她笑得那样厚颜无耻，却不知天高地厚，居然大言不惭地公然宣布：“我是夏洛克·

福尔摩斯。”

面对我们愕然的脸面，她笑着补充道：

“我随福尔摩斯。[①] 我的意思是，我跟随夏洛克·福尔摩斯的足迹而来。我注意到你们喜欢幽默，我便搞点小聪明，缓和一下气氛。”

“很成功，好得很，”伊娃心里却很反感。“现在，您总该告诉我们，您到底是谁？”

“OK，我叫奥黛丽·马尔姆真，是调查记者。我的专业，就是调查各种教派、秘密社团、各种非主流协会。我正准备写一部关于夏洛克·福尔摩斯及福迷的书。”

“很动听嘛！”多洛雷斯道。“谢谢您把我们与光明异教派装在同一个口袋里！”

“您别生气，我只是想改善一点气氛，再搞一点更好玩的东西……我不希望堆起尸体！”

“那么，您打什么时候起开始对我们进行调查的？”迈克哥纳罕问道。

“好几个月了。我在你们的大学里没少溜达，我甚至听过你们当中不少人上的课，而且我还到处提问题……”

“这是一个丑闻！”多洛雷斯嚷嚷起来。“是对我们隐私的强奸！”

“我履行我的职业，如此而已。我的书将起名《夏洛克·福尔摩斯补白》，我会把亲笔签名的书送达诸位手里。”

“前提是这个周末的气氛能得到改善，”迈克哥纳罕脱口而出。“否则，您休想对任何人寄任何东西。”

“她的故事很动听，”伊娃咕哝道，“但她的证据在哪里？她

---

① 法语中“我是”与“我随”是形式相同的变位形态：Je suis……所以会让人误解。

可以尽情发挥说事，但如果杀手就是她自己呢？”

“如果是我，我早就结束我的工作了！我观察你们已经两天了，可是你们谁也没有发现我的任何破绽，这全靠我的伪装天衣无缝。在这方面，我希望你们高度敬重我们大家共同的导师福尔摩斯，他在乔装打扮方面很有本事。”

《夏洛克·福尔摩斯补白》（节录）

提到D这个字母，人们往往想到Déguisement（伪装），因为夏洛克·福尔摩斯是伪装大王。在许多场合，华生对福尔摩斯的化装术赞叹不已，因为他的好友利用化装术改容易性把他给愚弄了。《查尔斯·奥格斯特斯·米尔沃顿》中的青年“流氓”工人，《空屋》里的“畸形老头”，《王冠宝石案》中的一个老太婆，都是福尔摩斯在表演。在杂乱破败的意大利区，福尔摩斯装扮成老牧师，形态惟妙惟肖，表现出出神入化的变形能力：“转眼间，他的满脸皱纹消失了，鼻子拉开了与下巴的距离，下嘴唇不再悬垂，嘴里咕哝着什么，眼睛洞开又有了光芒，无精打采的身影重新站立起来。”此外，我们知道，在《黑彼得》里，我们的主人公在伦敦至少有五处临时住所供他从容乔装打扮；我们还知道，巴斯尔上尉是他的诸多以假乱真的好戏之一。

在《六尊拿破仑半身像》里，戏剧大师为了赢得掌声很难掩饰他的弱点，福尔摩斯喜欢从一个角色转变成另一个角色来征服他的观众，而华生就在那头排头座的位子上。于是，问题来了：

这么说来，贝克街221b公寓也不过是一个临时住所罢了，跟众多其他的临时住所没什么两样？这么说来，痴迷音乐的侦探穿着睡袍在乱七八糟的客厅里不过是多扮演了一个角色而已，跟众多的伪装没有什么两样？这么说来，当着华生这位最轻信、最热情的观众的面，是谁在出演真正的夏洛克·福尔摩斯？

在这种情况下，如果说福尔摩斯不是福尔摩斯，那谁是福尔摩斯？

5月6日　星期天

我住的房间经过仔细搜查后，我的记者证和笔记本也都给他们看过了，我终于成功地让神经过敏的福迷们承认，在我的壁橱里没有藏匿格鲁克。但问题并没有解决：我们这里有一个杀手毕竟是客观存在的事实；还有四具尸体等待处理和六个活人被判缓刑。格鲁克藏在哪里？我们搜遍了酒店……

“还有一种可能，那就是墙内设有暗格，”奥斯卡道。“你们记得吧，福尔摩斯探案集里有过两次这样的情节，一次在《诺伍德的建筑师》，一次在《金边夹鼻眼镜》，有人就隐藏在一间密室里。”

“这是一个值得挖掘的主意，”迈克哥纳罕道，“我们可以从头再搜查一遍，但我们应当先帮助杜里厄和波波加入保鲜行列，如果卫生委员会来视察，酒店会落个不合格的名声。有没有人自告奋勇负责打捞波波教授？”

一众志愿者群情激昂，争先恐后，奥斯卡堪称撒马利亚好人[①]，一向助人为乐、不甘落后，便自告奋勇负责对付纠缠已故院长的水母。水母吸附在波波的脑袋上，披头散发，触须随意漂移，胶状刺胞不断抖动，玩起爱的热烈拥抱。为了鼓励奥斯卡在公共卫生领域的义举，佩尔舒瓦提醒他，根据《狮鬃毛》记载，氰水母触手上面布满了毛刺细胞，能够射出致人死亡的毒液。一定要小心谨慎，警惕水母恶性反应。甚至伊娃也很有针对性地指出，对水母往往防不胜防，水母是造物中最狡猾的家伙，它可以直面对手强力转身，却从不正视对手一眼，坏到根本就没有眼睛！（后来，人们恍然大悟，水母很难跻身宠物市场。）

奥斯卡决定抓住院长的脚腕把他拉出水面，这样就避免了过于接近这只黏糊糊的可恶动物。他挪过一张桌子，登了上去，高度正好，然后一边往水里伸进一只胳膊，一边伸了伸舌头，就像所有的知识分子开始干体力活的模样。水母是否感觉到有入侵者企图打断它的谈情说爱？水母玩的还是老把戏，只见它张开触手扑向池底，搅浑了一片泥沙，使得入侵者够不着它的猎物，同时气呼呼地发出配合作战的叫嚣。但是，勇敢的奥斯卡并未泄气。他是不是太矮了？他到厨房里找来一件东西当助手，那是一把长柄大汤勺，用来把波波打捞到水面上来。一场围绕着打捞波波的水下大战展开了，就连儒勒·凡尔纳笔下的章鱼[②]也会嚎啕大哭一场的。每当大勺扣着波波的一只脚后跟要把院长捞出水面时，

---

① 基督教文化中一个很著名的口头语，意为好心人、见义勇为者。

② 法国科幻小说家儒勒·凡尔纳的名著《海底两万里》第2部第18章专门描写鹦鹉螺号船员与章鱼展开搏斗的惨烈情景。

水母就快速反应扑向池底。奥斯卡不得不俯身更低些，把胳膊伸进水里，而后把肩膀甚至头都埋进池子里，眼看快捞着了……渔夫的体重使得水族箱向前倾斜，观众大惊，失声喟叹。奥斯卡暂停动作的当儿，水族箱曾一度恢复了平衡，就在这一瞬间大家看到奥斯卡的眼睛里充满恐惧。我们个个目瞪口呆，大惊失色，可是水母的眼睛却毫无惧色，因为它根本就没有眼睛，最终引力定律强行发挥作用，水族箱砸在地上破裂了，引起一场灾难性的海啸。

灾难临头时，佩尔舒瓦被抛向迈克哥纳罕，后者随即张开双臂紧紧把他抓住，来了个意外的拥抱。伊娃正在搜寻跳进她的胸罩里避难的一条小鱼。水母则选择了一家新旅店，在多洛雷斯身上登陆，但激动的女人在头顶飞旋着这团胶状体，最终把它贴到了一堵墙上。至于波波的遗体，他滑溜在小丑鱼群中间，小丑鱼们因氧气过敏毫不顾忌地活蹦乱跳起来。福迷们的指路明灯以悲剧告终，他经过水母的温柔缠绵之后，哪有法国教授的气派，倒是更像英国人餐后的甜点。

惊心动魄已成过去，大家换好衣服，现在就该用毛毯将波波和杜里厄裹成简单的木乃伊，然后齐声喊着号子将他们抬起送进冷库里。运送尸体的过程死一般静寂，大灾大难背景下这不过是小事一桩。送葬仪仗由几米长的灯火芭蕾护送。如果能从远处看去，舞台多像寒风蹂躏的废墟，一支邪教队伍正在干涸的沼泽地上行进着。但是，眼前的酒店既没有废墟，也没有干涸的沼泽，于是立刻黯然失色了。尤其是其中一位队员竟趿拉着粉红色毛茸茸的鼠头拖鞋参加葬礼，更让人感到不尽人意，不过大家出于人道考虑忌讳对她指名道姓。

来到冷库前不由让人胆战心惊。总有一点进入坟墓的味道，尽管每个人都知道，罗德里格兹和卢夫斯不该会有多少挪动，但不安情绪却如影随形。更糟糕的是冷库门打开后……多洛雷斯忍不住一声刺耳的尖叫，就连迈克哥纳罕也咧开一张新版的鲍比鬼脸。

罗德里格兹和卢夫斯并没有挪动，但却有一个室友来登门拜访。

冷库中央，一根绳子吊着一具尸体。尸体脸似天青石呈蓝灰色，舌头呈古墓色，眼球突出，一副死不瞑目、阴魂不散的样子……一个后来者。

“格鲁克！”奥斯卡失声嘟哝道。“这是格鲁克！”

“他这是干什么？”多洛雷斯气一时喘不过来。

“他上吊了？”佩尔舒瓦大惊失色。“可为什么呀？”

“所作所为跟大家一样，”迈克哥纳罕回答道。“今春流行语是死亡。”

“这是一种神秘的解决办法，”伊娃道，“现在大家知道格鲁克藏身何处了。”

“今天上午，我们搜遍了整个酒店！”佩尔舒瓦怨气未消。“谁管厨房来着？”

奥斯卡脸涨得通红。多洛雷斯抱着肚子呻吟起来：

“好啦，啦，啦，小鬼又动了！”

“多洛雷斯？奥斯卡？你们搞什么名堂？”

“我们跟小奥斯卡做的事与你们无关。”多洛雷斯辩解道。“再说了，我们只负责厨房。”

“冷库属于厨房！”佩尔舒瓦很恼火。

“那是您的意见，JPP，我尊重。”

“正是因为您，大家整天提心吊胆，相信格鲁克试图谋杀我们，谢谢！”

“不管怎么说，情况没有任何改变，依然有一个杀手！”多洛雷斯辩解道。“停止互相谩骂吧，也是为您的秃子头着想！”

“我的秃子……”JPP怒不可遏。“你这是什么意思？”

“多洛雷斯说得没错，”迈克哥纳罕插话道，“一个杀手正在这里转悠，他已经把格鲁克添加到他的猎杀成绩单上了。”

“格鲁克可能是自杀！”JPP再一次猜测。

“真的吗？”迈克哥纳罕问。“比如说，罗德里格兹是在事故中摔下去的吗？比如说，卢夫斯是独自骑车时摔得粉身碎骨的吗？我总觉得，他是被一个恐怖剧导演组的专家吊死的。”

“鲍比说得对，”奥斯卡说。“从尸体的僵硬程度看，格鲁克已经死了好几个小时了。他不可能杀害波波和杜里厄。”

“不过，如果说格鲁克不是凶手，那凶手是谁？”多洛雷斯嚷嚷道，只见她浑身哆嗦，然后像泼妇一样嚎啕大哭，涕泪横流。如有必要，还可以证明，文科老师还可以扭捏作态。

多洛雷斯·马诺莱特致圣-弗若修道院院长的信

神父：

大坏蛋已经掌握了我们的旅馆！最近几天我们吃尽苦头，一个疯狂的杀手大开杀戒，正一个个收拾福学同行们！为什么该让我承受如此苦难？您是否以为，神父，主又在考验我？没有必要对我遮遮掩掩，星座不会骗人……他要我痛苦是让我为什么事赎罪吧？是的，但什么事呀？也许经过一次觉悟的考验，我会看得更透彻一些，神父，对吧？让我们一起审视一下圣托马斯·阿奎那①提出的七宗罪：冷漠、傲慢、贪嘴、淫欲、贪婪、暴怒和嫉妒。这样我就知道了问题之所在……

好，冷漠，这很容易：但我从来就不明白说的是什么意思。因此，如果说我干了什么事与冷漠相抵触，这不是故意的，这不算问题。

傲慢？在这里，我要感谢上帝，包括上帝为我的诞生所给予的所有赏赐，从出众的尽善尽美的外装到富丽的内饰，我从来就没有必要自我吹嘘。傲慢，对于那些对自己品质没有自信的女人来说的确是好东西，顺着我的视线看一看……

贪嘴嘛……啊那个，我承认，我时不时地会经不起诱惑！但您说还要我怎么样，我不仅有称心如意的身材，而且我没发胖！这又不是我的错，谁让上帝赐予我一个马蜂腰呢？

淫欲吗？根据词典的解释是“自己寻找性快感”。如此说来，肯定没有！我从来没有为快感而上床，但始终是为了职业生涯的进步、生活条件的改善、更努力工作挣更多的钱，并且我知道这是一种美德。

贪婪吗？这不可能！我总是付出多收入少！再说了，正是因为入不敷出我才从来没有犯贪婪罪。

---

① 圣托马斯·阿奎那（约1225—1274），中世纪经院哲学的哲学家和神学家，死后被封为天使博士或全能博士。自然神学最早的倡导者之一，也是托马斯哲学学派的奠基人。《神学大全》是其代表作。

暴怒？可能有一点……对付冯·格鲁伯，没错，今天早上，我心想，是不是她在楼梯的一个台阶上驻足不前，我差点要用洋葱让自己流出一滴眼泪……但当撒旦附身嬗变的时候，那是稳如磐石的……耶稣不会愤怒地驱逐神庙前摆摊子、在芸芸众生眼皮底下销售零碎饰品的商人吧？

妒忌吗？跟对傲慢的回答是一样的：只要人应有尽有，就不会妒忌任何人。

好，您以为如何，神父？总结不太差吧……反正比我期待得要好，我感到很宽慰。我可以去领圣体和一包饼干，等待着分娩，心灵平和。但愿如此。

5月6日 星期天

傍晚时分相当惨淡，阴郁的情景颇似我们经常度过的烛光晚会，几米外陈列着五具尸体，构成了一个小团体，其中包括一个连环杀手。就连多洛雷斯和伊娃似乎已达成了休战的默契，甚至连迈克哥纳罕也退避看书，默默无言。是谁造成了这一起起恐怖事件？这个问题困扰着我们大家。但只有一个人例外，此人在演喜剧……

“说真的，迈克哥纳罕，”伊娃道，“您信誓旦旦说，您将是杀手谋杀名单中的下一个对象是吧？我希望，您不会让我们失望吧？”

“对不起，让您久等了，美人，但这大概不会太晚发生的，”

迈克哥纳罕答道，一边将书揣进上衣口袋里。“除此之外，我们吃什么？”

“您的最后晚餐最想吃什么？”伊娃问。

“一个温柔的吻，这也许是我人生终点的一个好起点。”

“一言为定，我会拥吻您的尸体。”

“我还想要一个甜点，可我又不好意思，不敢奢求。”

“您这样做很好，只是有点可惜，白白浪费了我们的浪漫柔情。”

“不过，这里有人不久就会毁掉我们的浪漫，”迈克哥纳罕道，说着扫了在场的旅客一眼。“当我想到，你们当中有某个人有能力犯罪作案时……事实上，这让我感到惊讶，我从来就不相信，我的同仁中有一人会在某一天叫我猝不及防。”

“我倒想到另外一种假设，”奥斯卡插话。“杀手不一定就是我们当中的一个。可能有人在雪崩前早就潜入酒店，而后隐藏起来。”

“这是一种可能性，”伊娃接茬道，“但这是谁？除了我们以外，谁会对福学教授席位感兴趣？”

“我们想问题也许钻了牛角尖，”奥斯卡接着说。“我们都相信，作案动机是索邦大学的职位，可是我们却苦于找不到任何客观证据对吧？或许凶手另有所图吧？”

“那你倾向什么？”迈克哥纳罕问道。“一个大学生失意后的报复吗？一个推销妙探寻凶游戏①的广告策略？难道是雪山怪物

---

① 一种起源于英国、流传于欧美的桌游游戏，供几个人玩，通过提问和推理最后把凶手找出来。

发动袭击？”

“我只是说，夏洛克·福尔摩斯教导我们，在调查研究清楚所有事实之前作出推理判断只会导致失败。”

“没错，但我们现在所处的形势，动机并不重要。最好的办法，就是要活下去，这就要把所有人看作犯罪嫌疑人。对不对，JPP？”迈克哥纳罕说着，突然转向他最喜欢的出气筒问道，以便换换乐趣。“你对此作何感想？你给我们颜色看是吧？”

“下午口角之后，你就封了我的口，不让我跟你说话。”

“噢，不，你不说话我心里空落落的！”

“你把我们当木偶玩！”佩尔舒瓦怒不可遏突然爆发道。“你没有尊重过任何人！”

“我以为你不再想跟我说话呢。”迈克哥纳罕冷笑道。

“你那些雕虫小技恰恰暴露了你的弱点！你在研讨会上没啥好讲的，就千方百计诋毁你的同行。”

“错了，我的老大。我之所以未能完成我的演讲，完全是被一场火灾、两次暗杀和一出记者戏打断的。如果诸位希望知之更多，我悉听遵命。”

“我很奇怪听到这样一席话，因为你想的是独占论坛鳌头。”

“谁能活着离开这里，谁便有幸独占鳌头。在离开这里之前，我要在诸位惊讶的眼皮底下重振我对福尔摩斯理论研究的旗鼓。就像我刚才说的，我要重塑福迷的形象，好让像在座的奥黛丽这样的局外人别把我们看作是一个搞笑的古怪教派。”

“‘搞笑的古怪教派’，这可有点夸张，”我说。“我从来不觉得你们在‘搞笑’。”

“在披露我的理论之前，”迈克哥纳罕这个老粗继续说，对我的逗乐妙语根本就没接茬，“我要向你们中的一位致敬。”

“您有病呀？”伊娃问。

“可能吧，眼看着我的同行们一个个像苍蝇一样倒下，我那长眠的心被唤醒了，闻一闻，闻到了吗？”

“向谁致敬？”多洛雷斯不胜惊讶。“您已经让我们的工作信誉扫地。”

“啊不，这里有一个人我没有批评过她的思想，”迈克哥纳罕说着从上衣兜里取出那本书，几分钟前他还在阅读它。

一本书，其实……就是一本笔记。一本我当场就认出来的笔记。我的心怦怦乱跳，我的喉咙发干。他怎么能？

“诸位知道吧，这个人的思路和我不谋而合。我请你们为奥黛丽鼓掌，我们的漂亮记者。”

所有的视线转到我身上，有莫名其妙的，也有咄咄逼人的。

“您搜查了我的东西！”我愤怒地斥责他。

“可您把我的人生都搜查遍了！”迈克哥纳罕答道。“我们就算扯平了吧。刚才检查您的房间时，我正好看见您的笔记本，我心里对自己说，您的工作值得大家都知道。您跟我有同样的直觉，早该有人将福尔摩斯还原回小说的虚构人物，这样就可以解决福尔摩斯是否存在的老大难问题。”

“这不过是一个简单的智力游戏，”我辩解道，“一种好玩的推理而已。”

“您过于谦虚了，奥黛丽，因为我们开辟了福学研究的一个新领域。顺理成章，您和我应当一同说出这个始作俑者，就是他，把真实的变成伪造的。”

“那是谁呢？”奥斯卡问。

“夏洛克·福尔摩斯本人！”迈克哥纳罕答道。

“福尔摩斯？”多洛雷斯脱口问道，大吃一惊。

“我来为你们读读奥黛丽就此主题所写的东西，它准确地反映了我的思想。”

《夏洛克·福尔摩斯补白》（节录）

提到E这个字母，人们往往想到Existence，即存在。夏洛克·福尔摩斯真的存在过吗？就像在一次神学辩论会上，一个问题会使理性学派与信徒发生对立，理性学派建立在证据的基础上，而信徒则建立在空谈他们的信仰上面。但涉及福尔摩斯学的论战，这个问题却把我们引向对历史关系的反思。

对于今天的我们而言，是什么东西把一个历史人物和一个小说虚构人物区分开？圣女贞德[①]为什么比哈姆雷特更具有真实性？亚历山大大帝[②]与阿喀琉斯[③]或尤利西斯[④]的区别在哪里？因为有些来自编年史，有的来自虚构小说？然而，随着时间推移，分界线变得模糊了……圣女贞德可信吗？一个村姑听到上帝的启示后突然间就把英国人赶跑了？不再有人会相信这个传奇……那么福

① 圣女贞德（1412年1月6日—1431年5月30日），又称“奥尔良的少女”，是法国抗击外国入侵的民族英雄、军事家，天主教会的圣女，法国人心中的自由女神。但她最终被俘，在火刑中殉国。

② 亚历山大大帝（前356—前323），古马其顿帝国国王，亚历山大帝国皇帝，世界历史上著名的军事家和政治家。

③ 古希腊荷马史诗《伊利亚特》的中心人物，希腊联军的主将，也是希腊民族英雄主义的体现者。

④《尤利西斯》是爱尔兰意识流文学作家詹姆斯·乔伊斯于1922年出版的长篇小说。

尔摩斯和莎士比亚真的存在过吗？人们提出了问题……时间把事实变成了故事，历史不过是一部海阔天空的小说，而对于一个人物来说，重要的并不在于历史上是否存在过，而在于现在依然存在，是通过那些讲他们故事的人而留存下来的。在这种背景下，想到有这么多关于福尔摩斯的论文和故事，可以说，他既是一个过去时人物，但仍然存在。倘若认真阅读福尔摩斯探案集，人们就会想，他的所作所为是为了……

“我的一生就是孜孜不倦地力求避免在碌碌无为中虚度光阴。”福尔摩斯在《红发会》中如是说。一个平庸无聊的真实世界不能使他满意，他反复地强调这句话。这就是他为什么极力摆脱这个平庸世界的缘故，所以他既没跟家庭保持联系，也没跟妇女们，甚至也没跟几个朋友保持关系。他的贴心人只剩下华生一个，在诸多作品中，人们不断地指出华生的错误、遗漏、矛盾，甚至把他们的作者看作是一个丢三落四的冒失鬼……要不就是有人故意混淆线索、抹去线索以及具体的证据？甚至故意对福尔摩斯其人的过去、家庭、诞辰和忌日讳莫如深，可他却构建了福尔摩斯这个人物。

此外，福尔摩斯拒绝在案件调查后获得公众知名度。在《四签名》里，他有言在先：“此类办案，我不居功求报。我的名字也不上任何报刊。”后来，华生指出：福尔摩斯办理了五十三宗案件，其中四十九件让利给了警察。在《退休的颜料商》小说的末尾，报纸上刊登了一篇关于案件的文章，却没出现福尔摩斯的名字。来无影去无踪……

隐姓埋名成了福尔摩斯心理诉求的常态，从使用可卡因的自我毁灭到莱辛巴赫瀑布死亡的自导自演都说明了这点，中间还多处穿插伪装、化名行为，他一路小跑，奔向虚构小说。人总是要死的，但死了变成虚构的故事，然后变成一个神话，这就是另外一回事了。这个目标就成了福尔摩斯的目标，因为有亚瑟·柯南·道尔的支持，坐实了福尔摩斯的虚构形象。

“人是渺小的，作为就是一切。”福尔摩斯引用过福楼拜这句名言。现代诗人要摆脱“忧郁”实现“理想”，夏洛克·福尔摩斯就让自己这个人消失了，把自己变成了一部作品，华生称福尔摩斯为“现实的剧作家”、“艺术家”、“为艺术而艺术的信徒”。

当然，这只是一种学术理论。证据呢？问问圣女贞德吧。

5月6日　星期天

迈克哥纳罕今天第二次成功地吸引住同行们的注意力，并与他们热情地进行了沟通，甚至让他们忘却了越来越令人不安的形势。但此次成功却与我的文稿有关。

“这就是奥黛丽思想的大意，与我自己的研究不谋而合，”迈克哥纳罕道。“我们感谢您为我们提供的《夏洛克·福尔摩斯补白》，它让我们精神为之一振，为福学研究开辟了各种可能……”

“谢谢，”我说，真不好意思。

“一部让我们受教匪浅的著作，”迈克哥纳罕咧了咧嘴苦笑道。“比方说，在我们面前，有了一位一鸣惊人的福学首席教授的候选人……”

“我？”我说，受宠若惊。“没有的事，我那只不过……”

“一旦了解您有韬光养晦的才能，我就无法百分百相信您的证词……也就把您同我的其他同行一样视作可疑的对象了。”

“我倒觉得她并不清白!”多洛雷斯道。

“她人小鬼大，深藏不露!”伊娃品评道。

“那就是她，凶手?”佩尔舒瓦声称发问。

“我向你们保证，我对高校毫无野心！我与凶犯毫无关系!”

既然迈克哥纳罕已经搜查了我的文稿，那他就应该在长篇笔记中读到，每次事件我都首先大吃一惊!

“我的小宝贝奥黛丽，您别再故作天真，您本来就很幼稚。有什么东西会阻止一个女凶犯事先写一份材料来证明自己无罪呢?您难道不是来对我们说，有个男人把他的一生变成一个虚构的故事?您想说什么尽管对我们说，您现在已经是我们中的一员了。既然您已经牵扯其中……”

所有的视线都聚焦到我身上，而迈克哥纳罕却扬长而去，并祝我们度过一个温柔的夜。

这是我平生第一次百口莫辩。

※

“她很可疑，这个奥黛丽!”弗利波惊叫起来，“我一直就这么说嘛!”此时里加特利已经读完了第三天的材料。

“可您是第一次说起呀!”里加特利颇为惊讶。

“也许吧，可我一直这么说的。”

“那么迈克哥纳罕早就看准了?”波塞冬问。“奥黛丽真能妙笔生花，提前为自己开脱罪责。如果此说成立，那她一开始就把我们带偏了方向!”

“在这种情况下，为什么她死了呢?”里加特利问。

“难道她有可能掉进自己的陷阱自作自受?”

“最奇怪的是她的叙事方法,”弗利波说。“好像她在嘲笑一切,然而他们却处在死亡的危险中。似乎她知道她没有任何风险……”

“这就叫黑色幽默,”里加特利反驳道。“这有助于克服重重考验。我嘛,她给我留下好印象。我接纳了她,这位奥黛丽。”

“她蒙骗了您!”波塞冬愤愤不平。“她利用了您!”

“您有完没完?”雷斯垂德探长语气冷峻地发问。“您的随意猜测只会使我们对真相的调查迷失方向。”

“这不是猜测!”波塞冬动怒了。“我明白,您掌握着断案权,但我们也有争论权!”

“‘在没有掌握全部证据之前就进行推理争论,这是一个错误。为了使证据符合我们的推理,我们不知不觉就使证据走样了。’好好思考一下福尔摩斯的话吧,中尉,请让我安静地工作。”

第四天

5月7日， 星期一

清晨七点左右，忽然听到一声喊叫，我从睡梦中惊醒。我竖起耳朵细听：除了一只苍蝇飞舞和一个天使匆匆经过外，酒店沉浸在一片九泉之下的死寂里。九泉之下？言外之意让我浑身战栗，我又钻进被窝蒙起头来。此时又响起一声呼叫，陌生的细嫩尖叫，而我的耳朵却听惯了多洛雷斯破嗓子的刺耳震动。我一听，就知道是伊娃在呼喊。只听她声嘶力竭喊了声："救命！"

我连忙起床，靠近房门，紧贴耳朵……我的鼓膜被震破了。因为，伊娃正鼓点般敲打我的房门，急促的节奏类似新金属摇滚乐。我压了压耳鸣引起的惊慌，开了门，只见走廊里乱成一团。我迅速来到伊娃身边，与此同时，只见多洛雷斯身穿条纹睡衣未曾梳洗打扮也站在外面，显然也受到呼救声的惊动。

"杀手在迈克哥纳罕房间里！"伊娃解释道。"我听到墙后一阵可怕的响声，把我给吵醒了！鲍比正在垂死挣扎！"

"您是说杀手仍在他房间里？"我问。

“我不知道！他可能在我出来之前就跑了！”

“应该进去看看！”奥斯卡一贯喜欢凑热闹，说着已经踩到迈克哥纳罕的门垫上。

也许房间里有个凶手正等着您，怎么进去呢？极少有家长会将这个基本问题纳入子女教育内容中去，这是很糟糕的事情。正因为父母采取这种不负责任的态度，人们对女士问好彬彬有礼，不敢张大嘴说话，可是，当人们站在杀人犯把守的门前时，却露出狡黠的神情来了。于是各有各的主张，说来说去就是谁也不愿第一个进门。奥斯卡提议用烟火将杀人犯熏出来；佩尔舒瓦则主张将门堵死逼他就范；多洛雷斯却建议派伊娃当侦察兵进去摸底；而伊娃要利用多洛雷斯当诱饵。众说纷纭，很难说孰优孰劣，迈克哥纳罕很可能还活着，我于是采取最简单的方式，破门而入。

我的同志们正有所觉悟的时候，我已经进入房间，我以为要面对杀手，可是哪里有凶手啊？我所看到的，却只有尸体，真是这样的，没错。

敏感的读者尽可以放宽心：迈克哥纳罕干净利落地遭到杀害了。尸体没有留下刀割斧劈、黑血流脓、遍布全身的伤口，没有鼻青脸肿稀里糊涂的紫色斑块，没有膨胀的眼球脱轨运行的征兆，没有脑浆四溢黏糊糊的刀下头颅，没有，一点也没有触目惊心的惨状，场景描述有目共睹，完全可以公开。

迈克哥纳罕仰面躺在地毯上，身上穿着一件优雅的第三共和国式样的睡袍，神态安详，一把厨用尖刀直插心脏，流血量足以构成一幅浮雕画。一桩干脆利落的谋杀案，作案方式颇为经典，我们这个时代总是要求不惜一切代价进行原创，这难道不是一个社会迷失方向的象征吗？现代谋杀，多少有点像新派的厨艺：我们希望在各处都有影响力，于是四面讨好，做成的食物混合天下口味，但这样一来十之八九令人乏味。您看现场，显然是一桩古典的老式凶杀案，货真价实。白刀子进去红刀子出来，这是一起“原汁原味”的谋杀案。

我试图用三言两语对我的同志们大略说说案情，目的是为了缓和一下紧张的气氛。

鉴于产生的效果，我立下誓言，只要我活着出去，就再也不发挥我的幽默才华了。

多洛雷斯·马诺莱特致圣-弗若修道院院长的信

神父：

我利用短短的喘息机会想从您身上找到安慰。经过这四天的囚禁，您可能再也认不得您的多洛雷斯了。我要为我的可怕罪孽向您忏悔：我怀疑了！

啊，是的，就是那么回事，我心中的十字架已经开裂，信仰出现了裂纹！我就是没胡子的约伯[1]，我受尽了凌辱，把右脸颊都贴了上去（起码差不多吧）[2]，但我却感觉到与亵渎神明沾了边。怀疑像狡黠的情人一样悄悄地潜入我的内心，因为在尖酸刻薄的言语侮辱下，避孕式的祈祷是不起作用的。最近发生的事情吗？我在浴室的体重磅秤上一站，三天居然添了两公斤！会不会是主抛弃我的一次考验，就这样啊！

---

① 在《圣经》故事中，约伯被视为坚忍的象征。
② 耶稣说过：“打你右脸，把左脸也给他。”

再说吧，我们已经死了六个人，神父！迈克哥纳罕就这样走了，没有举行临终敷油圣事①，至今无从知道到底是谁制造了这一系列恐怖事件！当没有一个人可以相信的时候，您怎么能保持冷静的头脑？我还没有告诉您鲍比死时的惨不忍睹：当时我想去取他的煤油炉子（因为我有幸住进一间最小但最冷的小客房，谢主荣光护佑！），可是炉子不见了！有人已经拿去用了……跟我看下去！

活着的人比死人更吓人……假如您看到JPP发现鲍比死尸后的模样……简直成了一个魔鬼附体的人！奥斯卡则吓得魂不附体，满头天使般的鬈发猛然剑拔弩张起来，我甚至以为第七桩谋杀案直接找上门来了！看到鲍比被打倒在地毯上，可怜的奥斯卡难受至极，大家便把他送回他自己的客房休息。就在我和奥黛丽负责陪护奥斯卡的时候（奥黛丽本是随便一提，可她却无孔不入。），佩尔舒瓦却在房内来回踱步，心事重重，阴云密布。他冒了许多冷汗，不断地找胳膊，两眼翻白，如芒刺在背。突然，他像疯子一般暴跳如雷，对着奥斯卡天使般的俊脸咬牙切齿发泄仇恨，而我刚才好不容易嘴对嘴才把奥斯卡救醒过来（殊不知这是我的专利）。

“你们看看我在他床头柜上找到了什么！”JPP挥舞着他发怒声讨的东西嚷嚷道。

JPP这张变形的脸让人以为是一个醉鬼整形外科医生的

① 天主教的送终仪式，一般由神父为病人敷圣油（祝圣过的橄榄油或其他植物油），先在病人前额敷油，同时口诵经文。

作品，我想他一定有什么兴妖作怪的东西要展示，比如巫婆在布娃娃身上扎针或者是说唱乐的唱片之类。

未成想他愤怒地摇来晃去的东西，原来是一本书：阿加莎·克里斯蒂的《十个小黑人》[①]。

5月7日　星期一

说风就是雨，抓住一个细枝末节就能想象出全部，说的就是佩尔舒瓦。我们没看到他进来，不过感觉到了。特别是奥斯卡……

“他竟然读阿加莎·克里斯蒂的书！这是离经叛道，这是一个异教徒！”JPP义愤填膺，口气又带有三K党党魁的矫揉造作。“在我们的内部出了一个叛徒！叛徒该当何罪？”

面对佩尔舒瓦的冲天怒气，在场的观众个个目瞪口呆。最后多洛雷斯结结巴巴说：

“本来……我们一点也不知道……我们从来就没有‘叛徒’一说。”

“完全正确！”佩尔舒瓦得意洋洋。“这就是为什么要开个先例的原因！我建议终身禁止这个变节者参加福迷的一切活动！”

“您真的觉得这样做合适吗？”伊娃插话道。

“您说得对！”佩尔舒瓦变本加厉。“我们还要打断他的一个

① 阿加莎·克里斯蒂的代表作之一，又译作《无人生还》。

膝盖！”

“一个膝盖？”我说，惊恐万状。

“啊，马上执行！”佩尔舒瓦很恼火。“膝盖也好，手腕也行。我广开言路听听大家的建议。”

奥斯卡濒临崩溃，该我介入了：

“闹够了吧，约翰·帕特里克。我知道我们大家都神经高度紧张，但奥斯卡无意害任何人……”

“您看看他！”佩尔舒瓦打断了我的话，越来越激动。“如果他无罪，脸色会这样难看？我要求，奥斯卡必须通过审问！”

“您以为是在中世纪？”我气呼呼地说。

“只要问他问题，他的思路就会混乱！”佩尔舒瓦一意孤行。“你们很快就会看到，他是一个卧底。说问就问，告诉我们，福尔摩斯和华生在贝克街221b的寓所门口有多少级台阶，嗯？这是福迷不可不知的一个常识！”

“十七级。”奥斯卡对答如流。

“别上他的当！”我说。“他的妄想症正在发作。”

“我没有任何事情要隐瞒！”奥斯卡脱口而出。

“相信我，没有人会怀疑这点，”我说。

“这个，我的小宝贝奥黛丽，这可是您说的，”伊娃随口说道。

“嗯哼？”

“福尔摩斯与华生初次见面说的第一句话是什么？”佩尔舒瓦继续审问，却没有理会到再没有人听他的话了。

“谁敢对我们说奥斯卡问心无愧？”伊娃又说。“他看上去清白无辜，但我们不认识他！”

“您是认真的吧？”我问。

“您来插一杠子自惹没趣吧！您自己就玩两面派，小服务生记者！那么是谁对我们说您不继续参与我们的事了？您该不会是他的同谋吧？”

“什么是第欧根尼俱乐部[①]？”佩尔舒瓦追问，一屁股坐在地毯上，现在似乎是在对他的手电筒发问。

“什么同谋？”

“几起谋杀案啊！您是不是忘了这里已有六具尸体了？有一个人要对此负责！排查开始缩小范围！”

“还有华生受的伤，嗯哼？这个勇敢的搭档，他身上哪儿受的伤？”佩尔舒瓦一再追问，并试图用嘴叼手电。

“再说，”伊娃补充道，“现在我想起来了，不如说奥斯卡是嫌疑犯中的佼佼者。别忘了，除掉我们这里的竞争对手，这似乎是驱动谋杀的最说得通的动机，这个阴谋在我们到达这里之前就开始酝酿了。”

伊娃靠近奥斯卡，两眼死盯着奥斯卡的眼睛。

“您给我们讲述了您父亲的车祸，一个多么离奇的故事。假如说他名列第一？再假如说有人试图谋杀他？”

“谁这么干？”奥斯卡结巴起来。

“就是那个没有任何机会成为福学首席教授的人！就是那个通过一次难以置信的机缘巧合置身学术研讨会的人！就是那个利用时机得寸进尺，犯下了俄狄浦斯[②]罪行的人！”

---

① 第欧根尼俱乐部的创办人是夏洛克·福尔摩斯的亲哥哥迈克罗夫特·福尔摩斯。在《希腊译员》中，福尔摩斯第一次将他的哥哥介绍给华生认识。俱乐部禁止谈话，成立的目的，是为了让人毫无拘束地阅报休息。

② 古希腊神话人物，他在不知情的情况下，杀死了自己的父亲并娶了自己的母亲。

伊娃稍停片刻向奥斯卡迈进一步：
“就是您，勒科克先生！”

福迷卷宗——人物侧写：奥斯卡·勒科克

原来，本应当是奥斯卡父亲来参加研讨会的，但他临出发来瑞士前一个月出了车祸。一只大老鼠溜进了他的汽车前罩内，肚子饿得慌，咬断了几根导线。谢天谢地，当汽车与一棵梧桐树杂交时，耗子却逃之夭夭安然无恙。可爸爸惨了，半身骨折，只好终身告病假，与石膏同居，共享悲欢。

老院长临时出事，一位教授应邀替他出席研讨会，但他睡觉时忘记关掉煤气炉子，这样他就可以穿着涤纶睡衣贴身研究人体组织燃烧时惊人的现象了。谢天谢地，煤气炉有保险单。剩下的，就不用担心了，在皮肤移植手术方面我们取得了很大进步。

于是，第二位教授应召临危受命，但他对瑞士之行不冷不热。何况……正当他勉强接受重托准备参加研讨会时，另一项重任又派到他头上：他的办公室刚装修不到一个月，头上的达摩克利斯吊灯砸了下来。谢天谢地，吊灯的安装师们二话没说就履行了保险赔偿。这对教授的五个孩子和遗孀来说毕竟是个安慰。

正是在这种百年不遇、百感交集的特殊精神状态下，奥斯卡·勒科克来到美人根参加会议。即使他受过福学的正统教育，但毕竟只有二十五岁，而且才匆匆草就《夏洛克·福尔摩斯与装烟斗艺术》的学术论文。有人给他上了一课：不含混其词，不别出心裁，您只要老老实实介绍您父亲的研究工作，还有，尽量避免与大老鼠、煤气炉和大吊灯沾上边。

5月7日 星期一

这点千真万确，所有男人面对伊娃·冯·格鲁伯都不会无动于衷，甚至神圣的奥斯卡都要听任他雄性荷尔蒙胡言乱语。在我们的小天使的眼睛里，划过一道道愤怒的闪电，令大家吃惊的是，他摘下头上的光环，将自己纯洁的翅膀收拢起来，表达了自己的愤怒。

“您胡说什么！让我父亲安静吧，我没有杀害任何人！至于福学首席教授的职位，我毫无经验，而且我从来就没有加入竞争！您最好不要骂大街、说废话，好好关注《十个小黑人》吧。我是在本杰明·卢夫斯的房间里找到这本书的，当时我们正在整理他的遗物，直到现在我才仿佛明白那条信息。这不可能是一种巧合！”

“什么信息？”多洛雷斯大为惊讶。“什么巧合？”

“难道你们从没读过夏洛克·福尔摩斯以外的书，或者看点别的什么玩意儿？”奥斯卡有气无力地问道，带着轻蔑的口吻，继续推行他的“春季大扫除”行动。“《十个小黑人》的故事，就是说这十个人被困在一个小岛上，无法脱身，他们一个接一个被杀害。难道这故事没让你们想起点什么？”

“现在你才说起这事……”多洛雷斯叹着气说。

“你是想说，有一个疯子把我们集中到这里，然后一个接一个杀掉，就像这部小说说的那样？”我问。“你相信这是预谋的？”

“没有任何人能预见旅馆会被这场大雪封锁!”伊娃反驳道。

“但如果这是波迷[①]搞的一次根除福迷的恐怖行动呢?”佩尔舒瓦突然发问，表现出头领大智若愚的样子，他觊觎着波波留下的空位。

“赫尔克里·波罗没有在《十个小黑人》书中出现过,”奥斯卡答道，口气缓和下来。

“一点没错!”佩尔舒瓦激动不已地说。“这是为了掩盖痕迹啊，波迷是很阴险狡猾的!”

“您冷静点，约翰-帕特里克,”奥斯卡道，重新戴上了光环。“他们为什么要这么干呢?”

“出于妒忌呗！福尔摩斯比波罗有名多了！索邦大学的教授职位对于比利时小胡子小丑的崇拜者来说是无法忍受的认可！正是为了这个他们才要把我们灭掉!”

“别再胡思乱想了!”我说。“倘若在《十个小黑人》中真的有一条信息要解读的话，那么我们就来互相提问题。那么，首先要问：在这部小说中，谁是有罪的?”

“如果我记得不错的话，应当是法官这个人物,”多洛雷斯答道。“他让人相信，他跟其他人一样是上当受骗被困在岛上的，但正是他策划了一切活动。”

“没错,”伊娃肯定道，“然后他导演了自己的死亡，以便继续谋杀其他的小同志而不被发现破绽。当罪犯安息在自己的床上时，大家便互相怀疑起来！但当时……这就是说……”

---

① 波迷的提法类似福迷，是阿加莎·克里斯蒂笔下的比利时籍大侦探波罗的崇拜者群体。

“冷藏室里有一具尸体可能是……” 多洛雷斯继续推理。

“杀人凶手，还活着!” 奥斯卡大喊起来。

“是卢夫斯!” 多洛雷斯高叫道，“小说是他的！他可以自导自演死亡现场，伪造一摊假血，身上压一辆自行车!”

“他的行为极为下作，我知道点底细，” 伊娃火上添油，“他可能是一个信奉马基雅弗利主义[1]的野心勃勃的年轻人。”

“那为什么不是杜里厄呢?” 奥斯卡暗示道。“他可以假装中毒身亡。”

“要不就是杜里厄和卢夫斯!” 多洛雷斯接话说。“他们可能是同谋!”

“在这种情况下，我们只有一件事要做，” 我脱口而出，“我们去检查一下尸体!”

我们的团队向停尸间走去，途中把迈克哥纳罕的尸体弄下来，同罗德里格兹、卢夫斯、波波、杜里厄、格鲁克收藏在一起。谋杀迈克哥纳罕的凶手是否隐藏在他们中间？这是我们互提的第一个问题。第二个问题就是：怎样来进行验证？

“好像是这样，在入殓棺材之前，殡仪馆人员要先捏一捏死者的脚拇指，看看死人有没有痛感，然后才打上验尸标记，” 奥斯卡如是说。

“超赞，我祝你胃口大开，” 伊娃道。“你准备从哪具开始?”

“这这……” 奥斯卡犹豫了，“我不过这么一说……”

“还有别的主意吗?” 多洛雷斯问。

---

① 马基雅弗利（1469—1527），文艺复兴时期意大利著名政治学者，西方国家主义理论的创始人，主张国家至上，为达目的可以不择手段。《君主论》是其代表作。

“为了保险起见，可否将他们重杀一遍？”

“将他们重杀？”佩尔舒瓦挤眉弄眼道。“什么意思？”

“对着他们的心脏插一根尖木桩[1]，这样就可以肯定他们是否全部死亡，倘若其中有一个吸血鬼，问题就迎刃而解了。”

“胡说八道，”伊娃叹了一口气。

“我倒有一个主意，”我说。“可以用刀叉往他们的腿上扎一下。如果其中有一个是装死演戏的，他一定会有反应。”

“这个方法不赖，”佩尔舒瓦道。“谁来负责扎？”

在死人与活人高度和谐的气氛中，志愿者围拢在桌子周围，人数也很可观。

“大家只要抽一下签就行了吧？”我建议道。

“小吸管行不行？”奥斯卡问。“呶，这里有意大利面条。只用五根就够了，剪成长短不一就可以了。”

奥斯卡把动口与动手结合起来，把无奈与有用结合起来，用意大利面条来分出个谁胜谁负。

每个人都看着自己那小段东西，心想，不会天天都吃意大利面条吧？

“大家一致同意？”佩尔舒瓦分完面条后问。“多洛雷斯抽的最短。您有幸动用叉子。”

“我……我不知道我会不会……”多洛雷斯哆哆嗦嗦，弱不禁风，口齿也变得含混不清，伊娃却津津有味嚼起了她那段面条。

“你只管对自己说，你是在查看你烧的烤肉。”伊娃为她出馊

① 据说，尖木桩是用来杀死吸血鬼的有效手段。

主意。“这会让你鼓起勇气。”

只见多洛雷斯抓起叉子，而我们却装出轻松自如的样子，就好像刚躲过了一场厄运似的，此时，多洛雷斯冷面对着停尸桌子，口里念念有词，重新扬起复仇的声调：

“我首先想对凶手说，你已无处可逃，你在成为待宰羔羊之前只有一秒钟可以自首！没人吗？一个也没有！好吧，你一厢情愿吧！”

多洛雷斯靠近第一具尸体。她又喘了一口气，闭上眼睛，将叉子狠狠地戳了进去。

“好，已经检验过了，不是这具，鉴于我已经戳了他……”

“呵呵……当然了，”奥斯卡道，“但下一具，您得张开眼睛，因为刚才，您戳的是桌子。”

“至少，多亏了你，大家知道桌子是无罪的，”伊娃说起风凉话。

“闭嘴，要不我来给你拉拉皮！”多洛雷斯嚷嚷道。

“女士们，我求你们了！”奥斯卡说。“在我们伙伴的遗体面前，请给点体面吧！”

“我马上再来一具尸体，”多洛雷斯嘟嘟哝哝道，重新摆好姿势。她闭一只眼，半睁一只眼，开始在有点恶心的肉案上动刀叉。

“这没错吧？”多洛雷斯问。“这次戳的，肯定是尸体吧？他没有喊吧？”

“没有，”伊娃答道。“可是这一具啊，你本可以避开的，因为他是罗德里格兹。既然他的膝盖拧反了，脖子歪成直角，他要在酒店里晃来晃去屠杀我们太难了。”

“你之前早就该告诉我！我警告你，我最多再动一具，下面就该你来动手了。”

“肯定不是我，”伊娃辩驳道。“是你自己抽得准。”

“啊哈，原来如此，对付软趴趴的东西，你可是战无不胜的。”

“你说什么？”伊娃生气了。“你再说一遍！”

“如果你的耳朵有毛病，我就大声对你说：去江湖郎中那里来一针肉毒杆菌。”

多洛雷斯的建议，采用“十音节诗体”4/3/3 节奏，慷慨激昂，铿锵有力。我们知道，人类从兽性到文明的言语传承需要数千年的时间，但我们却往往忘记，一句话就可以南辕北辙、背道而驰。多洛雷斯的一席话激发了伊娃身上原始积累的冲动，犹如光鲜亮丽的外壳最后裂开了。这是野性的苏醒，本性的冲突，是两位冤家长期明争暗斗、近几个月愈演愈烈却迟迟没有爆发的结果。

既然要摊牌决斗了，伊娃占有青春（比多洛雷斯年轻十五岁）和身高（比多洛雷斯高十五厘米）的优势，而多洛雷斯占有更多的资源。从战略角度看，用尖锐的高跟踩伊娃不小心自由敞开的脚趾头，不失为挑起争端的妙计。除了造成一阵剧痛之外，对手会反射性地弯腰看脚，就可以趁此机会掀翻她的重心，接着用脚猛踹她的屁股，虽然粗略但也讲究技术性，而且多次实践证明行之有效（俗称“脚踢屁股”）。结果呢：对手就会紧贴地面飞出去，至于飞行距离，就要看当事人的空气动力学原理发挥了多少作用。而在这个领域，我们可以相信伊娃，她的身材堪比飞机机身。

多洛雷斯挑选的角度极其刁钻，伊娃得以在短跑道上迅速起飞，没有碰到桌子边角等障碍物。飞机鼻子出自巴黎最优秀的设计师的大手笔，保证升空姿态极尽优美。伊娃展开双臂，采取基督被钉在十字架上的姿势，总体上保持了良好的平衡。推动力足以让她绕房间飞行一大周，是否可以载入吉尼斯世界纪录呢？可惜啊，不行。因为在目前的整形手术条件下，伊娃没有在升空后收起飞机起落架的能力；眼看着理想的抛物线受到了超重行李的拖累，后果不言自明：着陆时发生了灾难。

伊娃全身扑在桌子上。桌上陈列着伙伴们的尸体。唉！

与传言相反，时间并不是一个坏家伙，只要它稍停片刻就会让我们恍然觉悟，即将发生的事情会让我们去看好几次心理医生，排解心头的创伤。

伊娃航空公司航班坠落在死亡谷中，一声巨响，机毁人亡，无论如何绘声绘色都难以还原真相了，因为总有一部分原生态不听从言语的驯化，马塞尔·普鲁斯特如是说（待查证）。不过，给在场观众造成伤害的既不是这机毁人亡的声响，也不是桌子倒塌后乱滚的尸体，也不是看到伊娃扒拉开冷鲜肉堆逃脱出来的画面，而是另有情况。一个戏剧冲突。

多洛雷斯因为用力一推，让伊娃飞了出去，自己却失去了平衡，一下子乱了方寸，倒在地上，手里还抓着叉子。此时，伊娃勉强重新站立起来，抖干净身上沾染到的同行们的DNA，而多洛雷斯则趴在地上，脸部差点撞到瓷砖上，奥斯卡急忙帮她一把，将她翻转过来，面对惨状不由发出一声惨叫。

多洛雷斯手上的叉子早已戳进了肚子。

我们围着她站成一圈，活人与死人脸色同样煞白，大家聚在一起都成了木头人。甚至伊娃也吓得不敢吭声。就在此刻发生了一件谁也没有料到的事，这种跌宕起伏的剧情只有在连载小说里出现过……我们的灯光都打向插着叉子的大肚皮，此时只听到噗的一声，这声音仿佛临死前的喉音。手电光束立刻移向她的脸，只见她摸了摸脑瓜，说：

“发生了什么事？”

“终于，多洛雷斯……”佩尔舒瓦松了一口气，刚才吓坏了。

“别担心，我好着呢，”多洛雷斯说着，站了起来。

“这不可能……”奥斯卡嘟嘟哝哝道。

“可能，可能，万事大吉！我是有点不舒服，因为大肚子了嘛，瞧这！”

“够了，多洛雷斯！”伊娃嚷嚷道。“您肚子上分明插进一根叉子！”

“一根叉子？您把梦当真了吧，我可怜的伊娃，”多洛雷斯冷笑道。“我的……啊哈，是的，瞧……一根叉子……”

“这是不可能的！”奥斯卡大喊大叫起来。“难道您一点都没感觉？”

“有，有，”多洛雷斯答道，得意的派头，就像见证了一生中独孤求败的伟大时刻。

“你们还不明白吗？”伊娃怒不可遏。“多洛雷斯从一开始就在捉弄我们！她从来就没有怀孕！她怀着一个枕头或一个什么玩意儿像这样来招摇撞骗！”

“一个枕头？”奥斯卡问，大惊小怪起来。“为什么要这么做？”

“为了福学教授席位呗，那还用说！”伊娃接着说。“波波喜欢怀孕妇女，这是多洛雷斯自己对我说的！我当时就应该明白过来！"

"多洛雷斯？这是真的？"我问道。"您怎么能这样？"

"哦，还行吧，岂能做任人拿捏的面包片！"多洛雷斯自我辩护。"伊娃可以在波波鼻子底下晃动着一双炮弹，却没有任何人对她说三道四嘛！这个头可不是我开的哦！我的大肚子是空城计，这属于防卫策略。我作战是用我自己的武器，跟我免谈伦理道德！"

我们个个目瞪口呆，多洛雷斯就在大家眼皮底下从大肚皮上拔出叉子，并在头上晃来摇去。

"快来夺走这根叉子，它有了独立的生命，我觉得它要插向某个人丰满的部位！"

不过，伊娃早已调转脚跟离开了冷藏室，扬言总有一天所有这一切都将要付出代价；佩尔舒瓦绷着脸，双手机械地整理一下桌子上陈列的尸体；奥斯卡绝望地看着目瞪口呆的我；多洛雷斯从她的孕妇宽袍下抽出一大只靠垫，低声抱怨说刀叉糟蹋了她最漂亮的香奈儿名牌服装。

该回房间休息了。

让-帕特里克·佩尔舒瓦笔记本

大师，昨天晚上，我又翻阅了福尔摩斯探案集，想在弥漫着死气沉沉的气氛中找到一点安慰。您很少直面多具尸体，即使与尸体接触，您始终忠实于自己，一贯保持无动于衷的冷漠。这里，从昨天以来，我们已经有了六具尸体，我对此很难适应过来。甚至迈克哥纳罕的死对我的精神来说也算得上一次肮脏的打击。换作别的时候，我肯定要打开香槟庆贺一番，但命运注定，鲍比的消失让我高兴不起来……

午餐是彼此交换看法的机会，也是我们两个青年——奥斯卡和奥黛丽——眉来眼去撒娇的时段。得看看他们红着脸为我们端菜服务难为情的样子，饭菜都是他们在厨房里打情卖俏准备好的。淫秽是个老问题，当死神塔那托斯张开死亡的阴影时，爱神厄洛斯便企图玩弄各种花招进行抵抗。对死亡的恐惧，对抚慰的需求，两人信息素的异性相吸，在这对年轻人内心点燃了一把火，而在吃饭过程中交缠的十指让这把火愈烧愈旺。就在我写这几句话时，奥斯卡和奥黛丽毫不掩饰地眉目传情，仿佛让我们能够指望生活在一场短暂的爱情剧里，这台爱情剧让我们暂时摆脱这令人窒息的氛围。

呼吸……这就是让我愈来愈痛苦的原因……已经三天了，尽管我竭尽努力接近您，可是我却再也听不到您的声音，大师。

我还有什么解决办法呢，难道只有百分之七浓度的可卡因？

可怜可怜我，回答我吧……

5月7日　星期一

六个死人对五个活人，应该看到当前事态的严重性：我们很难挽回比分。在我们中间，有两个阴险毒辣、纠缠不清、难以忍受的问题："谁是凶手"和"谁是下一个加入冷库团队的人"。知人知面不知心，看着邻座很难没有想法……多洛雷斯和伊娃，衣冠楚楚，却神经兮兮的，似乎无所不能，什么事情都能干得出来（特别是什么事情都干得出来）。约翰-帕特里克·佩尔舒瓦，浑身充满可卡因，一看就是变脸僵尸，“苍白憔悴眼空无物”。相反，奥斯卡还是奥斯卡，冷静而有耐心，关心别人无微不至，言谈举止彬彬有礼，以至于人们不禁会产生疑问，他是不是彻头彻尾的另类……从我这方面来说，我努力保持心理的平衡，心想，一旦从这里出去，我就会有金光闪闪的故事可以讲述了，但此后几小时发生的变故也使得我的方法失去了一点有效性……

午餐结束后，JPP留在扶手椅上不动，忙着写他的日记，而奥斯卡、伊娃和我，我们正在研究酒精有没有消愁的能力。多洛雷斯说话了。她好像有肝肠寸断的痛苦（正常），但午餐期间她一直沉默无语（不正常）。

“我……我应该对你们说点事……凭直觉，这几堵墙之间正发生很可怕的事情……”

“很可怕的事情？”伊娃惊讶地问，恐怖口气高度夸张。“已经死了六个人了，我为你的直觉喝彩！”

“我不是开玩笑！”多洛雷斯说着开始压低声音耳语，“我感觉到有个人找上门来了……”

“真好笑啊，”伊娃道。“我怎么感觉酒店里人越来越少呢。”

“我相信，我们当中没有任何人是凶手，”多洛雷斯继续说，脸皮紧张地直抽搐，再引不起同事们的嘲讽了。

“您是不是想说，杀手隐藏在酒店里？”奥斯卡问。“我一开始就这么推理！应该检查一下所有的墙壁，找找有没有暗门……”

“不，”多洛雷斯打断奥斯卡说，“我不认为凶手是隐藏的。

我觉得他就在这里，就在我们附近，但我们看不见他。”

“得了，”伊娃道，“他的脑瓜是坏了吧。您又该说，您早就识破了他的阴谋。”

“您可以讽刺挖苦，”多洛雷斯答道，口气很痛苦，“我明明知道我是对的。这家酒店游荡着一个幽灵。一个报复的幽灵！”

就在此时，门上响起吱嘎吱嘎的声音，吓了我们一大跳，一股气流让我们浑身颤抖，蜡烛顿时熄灭了，我们陷入一片漆黑之中。这纯粹是巧合，但毕竟把我们吓得牙齿打颤。

“一个幽灵！”佩尔舒瓦沙哑的嗓音从远处传来。“万事俱备，就缺这东西了！啊哈，福尔摩斯太有道理了，他在《第二项任务》① 里提到女人：‘怎样在流沙上搞建筑？’”

“再读读《歪唇男人》② 岂不更全面了，”多洛雷斯反击道，并用手电照了照 JPP，“那就好好思考这句话吧：‘我见过的世面太多了，岂不知道一位妇女的直觉或许会比一位分析推理家的论断更有价值。’您爱怎么想就怎么想，但我们都是某个幽灵的受害者，这个幽灵正通过我们想方设法报复夏洛克·福尔摩斯，因为我们守护着这位大侦探的回忆录。我们成了一个罪犯幽灵的猎物，这个罪犯在一百二十年前，在 1891 年 5 月 4 日就死在这附近不远处，从此，他日复一日在寻机报仇！”

“您认为……”奥斯卡问，吓得脸都变形了。

“你是说……”伊娃也结巴起来。

“是的，朋友们，我认为是他在一个接一个地把我们干掉，

---

①《第二项任务》即《福尔摩斯归来记》中的《第二血迹探案》。
②《歪唇男人》同样也是《福尔摩斯归来记》中的一个短篇。

这就是福尔摩斯势不两立的死敌的幽灵，莫里亚蒂教授的幽灵！”

《夏洛克·福尔摩斯补白》（节录）

提到 M 这个字母，人们往往想到莫里亚蒂（Moriarty）。莫里亚蒂教授被夏洛克·福尔摩斯描写成“犯罪界的拿破仑”，他们在莱辛巴赫瀑布的殊死搏斗是伦敦侦探传奇一生的高潮。

倘若凑近了仔细观摩一番，简直可以说，莫里亚蒂教授是超级反派的鼻祖，在美国漫画里，超级反派自始至终与超级英雄对着干。蝙蝠侠对邪恶小丑，蜘蛛侠对绿魔，福尔摩斯对英国的莫里亚蒂。美国邪恶坏蛋拼死拼活是为了有一套五颜六色的紧身衣服，取一个令人浮想联翩的绰号，像“企鹅人”或“急冻人”什么的，还有非凡的能力，比如能踩滑板飞行，不用铁锹钢铲就可以挖洞，相形之下，莫里亚蒂教授却不曾费吹灰之力。他的外貌令人沮丧（“他面容光洁、苍白、清苦。”），还有乏味的兴趣爱好（“他写了篇论牛顿二项式定理的论文。”），有些小插曲也是乏善可陈（如“他迅速把手伸向口袋，从中掏出小本本。”），还有一种广告策划的平庸低俗（如“这个人在腐蚀伦敦，没有任何人听说过他。”），所有这一切，调皮捣蛋的莫里亚蒂（曾是一位数学老师）应有尽有，皆可提供。总而言之，不消片刻，你就可以在麦当劳门口找到他的塑像。

更糟糕的是，莫里亚蒂完全无法控制自己的升级版，以至于许多读者又回过头来怀疑莫里亚蒂存在的真实性。某些读者认为，莫里亚蒂只不过是一个传说而已，是福尔摩斯用来让华生相信他为何要假死并且离开伦敦三年。对另一些读者而言，莫里亚蒂是精神分裂症患者福尔摩斯的另一面，就像《化身博士》[①] 中，主人公有杰奇与海德双重人格。

在封尘已久的书堆里，莫里亚蒂教授已经失去了他的时代，他完全不懂自卖自夸，自我推销。福尔摩斯充其量封他为“哲学家”，其身价还会跌落得更低吗？总而言之，可以这么说，莫里亚蒂让我们明白了，为什么倨傲地固守自己过时文化的英国人会丧失帝国；同时也让我们明白了，美国人是怎样善于凭借企业精神和商业化操作以一种美味的文明来照亮世界。总之，坏蛋有坏蛋的用处。

但愿不会有人来对我说，我是口出狂言，胡说八道吧。

5月7日　星期一

莫里亚蒂教授的幽灵……如果是在别的任何场合，多洛雷斯的言论肯定会招致全场嘲笑，但经过三天的幽禁，在黑影憧憧的厅堂里，身边停放着六具尸体，看到的是多洛雷斯女巫般的阴阳脸，大家确实感到自己犹疑不决了。

“您是想说，您相信有幽灵的存在？”奥斯卡问，大家早就知道他越来越敏感了。

---

① 英国作家斯蒂文森的名作。善良的医生杰奇以自身做实验，结果导致了人格分裂，夜晚会变成邪恶的海德，一人具有双重人格，最后杰奇自尽，以此来终止海德的作恶。

“为什么不呢?”多洛雷斯辩解道。“别忘了亚瑟·柯南·道尔自身就是一位被证实的巫师。”

“那好,”伊娃插话,“既然在这个荒谬的假设里,你又说不出所以然来,那我问你,我们该怎么做才能进行自卫,对付一个幽灵?”

“我什么也不懂,我不是专家。我可以捻珠念经,但我不能保证我的祈祷有效。”

“为了同一个幽灵鬼怪进行战斗,必须祈求一个神灵来保卫我们,无论如何,《驱魔人》[①] 里面就是这么干的。”

“一个庇护的神灵?”伊娃问。“只要写封信问问让-巴度,他与福尔摩斯有一个无限期的合同。你可以让他帮一下忙吧,JPP?”

但是约翰-僵尸·佩尔舒瓦对伊娃的提问没有反应。他保持适当距离,坐在扶手椅上前后摇晃着,目光茫然没有目标,似乎希望显得比平时更令人安心一些。就在此时此刻,我忽然感觉到我的内心理性地发出一声反抗的呼喊:“刹车!大家刚才都在胡扯!最新消息,所谓鬼魂,这根本就不存在!”

“您不相信,并不代表鬼魂不存在,奥黛丽,”多洛雷斯纠正道。“这是两码事。”

“即便死者的灵魂会故地重游,”我生气地说,“我提醒你们,福尔摩斯和莫里亚蒂都是虚构小说的人物!”

话尚未说完,我就知道我会后悔的。再次质疑福尔摩斯是否存在,大家会把我定为叛徒,后果甚至更为严重。

“您一意孤行吧,奥黛丽!”多洛雷斯道,满脸不高兴。“这

① 1973 年出品的美国恐怖片,改编自 1971 年威廉·彼得·布雷迪的同名小说。

不像您在《夏洛克·福尔摩斯补白》里说的话!”

“这是一个智力游戏，我已经向迈克哥纳罕解释过了!”

“您运气不错，佩尔舒瓦裁判官正魂不附体，”伊娃补充道。

“不管幽灵是否真实存在，”奥斯卡插话，让我免于死刑，“我回顾了一下法布里斯·布尔朗①的小说《贝克街的亡灵》。两位调查者在一次招魂现场遇到了显灵的夏洛克·福尔摩斯。大侦探的幽灵提醒他们要防范维多利亚文学中出现的神秘形象，他们罪恶滔天，行走于活人的世界，其中包括吸血鬼、海德先生或莫里亚蒂教授。有一种理论认为，人的思想是一种可以物化的东西，这本小说就是建立在这种理论基础上。就以福尔摩斯为例，成千上万的人相信福尔摩斯实有其人，这就赋予福尔摩斯一种非凡的肉体活力，使他能在介于现实和虚构的世界中拥有独立的生命。”

“说得太漂亮了，但这只涉及一部小说!”我说，终于抓住了我的合情合理的救生圈。

“怎么说呢?在《巴斯克维尔猎犬案情》一书中，皮埃尔·巴亚尔②发展了近似下面的理论。我凭记忆给你们说说那书的结论：‘说死人是死的，此话并不对。在虚构小说里跟在现实中一样，死人具有一种特殊的存在形式，并继续与活人打交道，对活人的决定施加压力，依然对活人说话，甚至灌输给活人已故之人的思想。’因此，一个‘真的’幽灵迁怒于我们，或者我们之中有人被它‘附体’，那是因为某个虚构人物给他

---

① 法布里斯·布尔朗，法国当代作家，小说有《贝克街的亡灵》、《大侦探》、《火蛇》等。

② 皮埃尔·巴亚尔，法国当代文学教授，擅长心理分析和新书评论，代表作有《话说您未读过的书》和《巴斯克维尔猎犬案情》等。

施展了危险的影响，其实这都是一回事：我们要摆脱一个罪犯幽灵。”

就在奥斯卡侃侃而谈之际，我们的目光都转向佩尔舒瓦，只见他坐在扶手椅上，低着头，口里却念念有词，到底念的哪门经谁也听不懂，他不断地用脚拇指挠着胳膊上密密麻麻的针眼。人不可貌相，说得不错，但细究外表却大有名堂。

“您的想法跟我一样吧？”多洛雷斯喃喃问道，朝着我们那位瘾君子柔术表演家点头示意。

“真实的也罢，虚构的也罢，福尔摩斯影响了他的一生，”伊娃断然道。

“没错，有些精神分裂症患者听得到灵异的声音，”奥斯卡补充道。

“没错，他们有时候变成精神病患者，”我说，“还记得不？今天早上奥斯卡因为阿加莎·克里斯蒂的小说摊上了大麻烦闹出多大的动静啊。”

“我们能做什么呢？”多洛雷斯自己问自己。

“我们可以组织一场招魂活动，”奥斯卡建议。“我们向佩尔舒瓦解释，说我们将同夏洛克·福尔摩斯的幽灵接触，向他求助。兴许可以给他一个电休克的强烈刺激吧？说不定这场戏演下来他就会认罪了？”

于是，我们说干就干，立刻搞了一场“神秘科学”活动，既然命运注定走上了一条荒诞离奇的不归路，那这场活动就是一个辉煌的新阶段……伊娃和多洛雷斯靠近佩尔舒瓦并庄严地向他宣布：福尔摩斯与莫里亚蒂最后对抗的时刻已经来临。

“你们想来个降灵会?”佩尔舒瓦不胜惊讶地问道，嗓音嘶哑。

“完全正确，”奥斯卡表示肯定。“这么干没啥坏处：如果幽灵存在，满堂彩确信无疑；如果幽灵不存在，我们毫发无损。”

“那笑柄呢?”佩尔舒瓦问。

“笑柄不杀人，这大家都知道。”伊娃答道。“已故的迈克哥纳罕兴许会插话：‘证据嘛，您们还活着啊。’让他的灵魂安息吧。”

“好，就这么着，”佩尔舒瓦说着艰难地从扶手椅上站了起来，“反正是消磨时间，如果没有其他事情……”

开始有一场小小的家庭式争论，幽灵们到底偏爱什么样的桌子（木头方桌还是塑料圆桌?），什么样的台布（条纹图案还是花卉图案?），什么香味的蜡烛（薰衣草的还是佛手柑的?），什么样的女主持人（伊娃还是多洛雷斯?），此后，我们五个人便围坐在一张椭圆形的大理石桌子旁边，没有铺台布，由奥斯卡主持，用手电照明。

幽幽的烛光把我们整个头颅、嘴脸、耳鼻照得变了形，投射到墙上的影子妖形怪状，像一幅魔幻的漫画。如果有人动一下手，墙上的影子就像一把老虎钳，眼看着要砸在我们变了形的脑瓜上；如果另外一个人转一下身，那么他的嘴就成了一个食人魔的血盆大口。很显然，气氛恰到好处，可以开降灵会了。

“好，”奥斯卡说，“我们大家伸出手让能量流通起来。”

“我得换一个位置，”多洛雷斯说。“如果我把手交给伊娃，负能量波就会阻断能量流。”

“你甚至可以换一个房间，假如你想避免一切干扰的话，”伊娃索性火上加油。

“你这个手的故事又出自哪里?”我感到惊讶。

“哦呵……《万圣夜惊魂》[1]，一部很可爱的电影……”奥斯卡答道，“当然，我们大可不必在意这点……”

除了佩尔舒瓦，大家一致通过。至于佩尔舒瓦的灵魂，又不知道跑到哪儿去附体了，大家决定避免一切肢体接触。奥斯卡深深地吸了口气，然后开始庄严宣布：“福尔摩斯的幽灵，我恭请你入席！你跟我们在一起了吗？敲一下表示肯定，两下表示否定。”

奥斯卡发出邀请，但失败了。我差一点在桌子底下敲一下来安慰他，但我的求生本能强制我保持冷静。

“有一个问题，”我说，脑子里一直被一个逻辑问题所困扰。“如果福尔摩斯的幽灵不在的话，他怎么会敲两下呢?”

“假如敲两下，”多洛雷斯搪塞道，“那就说明，又有一个福尔摩斯以外的幽灵在场。现在，嘘!”

“福尔摩斯的幽灵，我恭请你前来参加这次聚会！敲一下表明你来了。呃……有请。”

又是一阵沉寂。谁也没有动。谁也没眨一下眼皮。佩尔舒瓦颇精于此道，大家简直以为他死过去了。

“福尔摩斯的幽灵……”奥斯卡刚重新开始就被打断了，正应了我们的期待，可又非我们所愿（或相反）。

敲了一下。彼此交换了一下眼神，将信将疑。

第二下响了。人人张嘴大叫，快被尖叫噎死了。

第三下响了。大家眉头紧皱。

三响？什么意思？乱七八糟的?

---

① 美国惊悚片，三个年轻人前去闹鬼的医院冒险。

“告诉我奥斯卡，在你的《万圣夜惊魂》里，敲三下是什么意思，三下？”我问。

“没有任何意思……可能是个爱开玩笑的幽灵吧？”

“要么就是他不识数吧？”多洛雷斯估摸道。

“兴许这压根就不是幽灵，”伊娃道，说着抬头看看天花板。“声音好像来自上面。”

“你想到哪里去了？”我问。

我的问题刚提出，却又听到房间里敲响了三下。所有的人噌地站了起来，似乎椅子上装了弹射器，只有佩尔舒瓦依然故我，麻木不仁。

“没错，”我说着走近大厅，证实了响动的方向。“声响来自上头。我们头上有什么？”

“那是罗德里格兹的房间，”伊娃松了一口气并向我走来。“我明白了。”

“我们听到的是他？”多洛雷斯打起了哆嗦。“他回到了他的房间？”

“不，不是他，”我说，这回我也明白了。

“那是什么东西？”多洛雷斯问。

“是旱獭，我们把它关在里面的。它可能想方设法往外逃。”

“旱獭！”多洛雷斯气得要命。“它搅乱了我们的降灵会！”

“不管怎么样，这场活动已经毫无意义，”从我们背后传来奥斯卡的声音。这一句话顿时让我的血液结了冰。奥斯卡摊上了什么事？

“你为什么这么说？”我转身对他说，嘴巴哆嗦得话都含混不清了。

奥斯卡站立在坐在扶手椅上的佩尔舒瓦身边。只见他面容凝滞，显得疲惫不堪。

“招魂的本意是想让佩尔舒瓦作出反应，”奥斯卡答道。“是想证实一下他是不是杀手。但如今真相大白，杀手并不是他……”

佩尔舒瓦坐在举行降灵仪式的桌子边，双眼紧闭着，面无血色，一脸鬼样。奥斯卡满脸愧疚地抓起佩尔舒瓦的一只手，然后软绵绵地把它放下。佩尔舒瓦的头一下子歪倒在肩上。

JPP 不是凶手。JPP 是第七号死者。

午后，佩尔舒瓦的遗体被转移到冷库同其他遗体会合。七具尸体并列，效果触目惊心。面对彼岸的七具尸体，我们此岸状况也不好：伊娃、多洛雷斯、奥斯卡和我，一个个脸色苍白，垂头丧气，一下子老了二十岁，七个死人加四个死去活来的人。

很显然，佩尔舒瓦死于吸毒过量。但是，到底是他自杀性用毒过度还是有人操纵他过度用药？我们尽量想说服自己，JPP 不需要任何人来摧毁他，但难以自圆其说，倒是有杀手插手的设想老在我们头脑中萦绕……

又过了几分钟，伊娃和多洛雷斯平生第一次达成一致：我们各自回自己的房间，等待救援人员的到来。我们互相说再见，好像要出发去长途旅行似的，于是我们闭门自守，希望总有一天开门大吉……

就是从这个时候开始我在客房里撰写我的周末纪实。为了什么？留下一份证词？要证明我不是在做一场噩梦？或者只是职业的畸形追求？我的初衷是调查一些沉迷小说的读者，调查那些把自己的一生都贡献给自己难有立足之地的世界的读者，调查那些因为读书走火入魔的读者，他们把虚构故事请进现实生活中来直到再也分不清两者的区别。潜移默化、走火入魔……不管怎么说，这就是我的看法。时间在一分一秒地流失，而写作又给了我力量。我对忧患着笔越多，就越与忧患拉大了距离，甚至又与幽默重新结缘，因为幽默是那么妙不可言，正是幽默感使我在福迷中大获成功。我本来可以继续这样幽默下去直到永远，但写作为我提供的保护外壳顷刻之间被撕破了，只听到多洛雷斯大叫一声——幽默变得令人心烦了。

一声可怕的尖叫一下子提升了我的忧患意识。

我吓得浑身瘫软，无力作出反应。我的直觉以我母亲的口气对我说："假如杀手在等着你呢？假如你是下一个目标呢？假如多洛雷斯是一个诱饵呢？"妈妈说得对，我应该封住双耳，等危险过去。但我们忘了我们还有个堂吉诃德式的人物，人算不如天算……奥斯卡已经冲出了房间。我也听到他急促地敲打多洛雷斯的房门，只听他大声对她喊话，要她挺住，说他马上来救她。于是我也开了我的房门（不自觉），然后把房门重新锁上（自觉），跟奥斯卡在一起，就怕惨遭不幸（要好好听妈妈的话）。

"她没有回答，"奥斯卡对我说，"听不到任何声响。我只好把门撞开。"

"等等，你真的以为……"

就像充满雄性激素的优秀电影表现的那样，奥斯卡听不进金发女郎的劝告，金发女郎恰如吓坏了的摆设花瓶杵在他身边。只见奥斯卡憋足劲跑步向门冲去，使劲用右肩一顶，顿时破门而入，男孩子都喜欢做出惊人之举。房间一片漆黑，而我完全陷入诚惶诚恐的忧患之中。我打开手电照明。没有任何动静。只是……

“我怎么觉得窗上有什么东西在动，”我犯起嘀咕。

“你说得没错，是窗帘。”

“你听这声音怪怪的？”我说着，浑身直打哆嗦。

“听到了……这让我想起宝宝吸吮奶头的啧啧声，”奥斯卡回答道，他在使用扶正祛邪的战略让我放心，想方设法用正面形象来分散我的注意力，这办法肯定是来自某本心理杂志刊登的专题，什么“如何与幸存并痛苦着的女孩说话”之类。

“你这么说是因为我发抖？”我生气地问，感到自尊心受到了伤害。

正当奥斯卡精心策划一通安慰我的说词之际（翻版肯定来自专题“如何与活着并生气着的女孩说话”），却发生了一个谁也无法预料的事件。犹如黑暗的剧院突然打开照明，舞台顿时炫目生辉：光明又回来了。

供电的恢复简直是一次痛苦的井喷，似乎经过三天的摸黑，大家已经习惯成自然，反倒不愿意改变现状了。一阵震耳欲聋的警报声开始回响，对我们表示，文明又回来了，电流又在疯狂地东奔西窜，噪音重新开始四处肆虐。我身在这间充满灯光和噪音的客房里居然茫然不知所措。在奥斯卡身边，多洛雷斯也似乎魂不附体，其意思只差一语道破……是的，入侵者挠破了她的胸部（我知道，很恶心）。

这个入侵者对光刺激作出了非同寻常的反应，只见它一跳一米五十，四爪扒拉住窗帘，而后像电影快进镜头对护墙板发动猛烈进攻，最后像忍者那样压在多洛雷斯身上。这是一个真实的恐怖情景，碎木屑、唾沫、鲜血如洪水般袭来。

这是旱獭疯狂的报复。

多洛雷斯·马诺莱特一向对动物钟爱有加，特别喜欢白鼬和狐狸（她收藏它们的毛皮大衣），也喜欢野兔和牡鹿（带着猎犬狩猎，那真叫开心），也许正是这种对动物过分的宠爱才招致旱獭的光顾。是因为经过几个月的冬眠深感寂寞无聊？一大场春雪突然降临造成了心理冲动？总而言之，野兽对多洛雷斯表现出极大的热情和爱犬似的慷慨。

多洛雷斯戴上了八号死亡袖章，成为了第八名死者。

正当我极力压制巨大的惊恐情绪时，奥斯卡却不顾一切地操起一条被子和一个枕头扑向旱獭。如果只是为了赶跑旱獭，其实还有更有效的装备可用，但奥斯卡应该在过往的枕头大战中积累了极其丰富的经验，使用起被子和枕头可谓得心应手。

旱獭并没有掉以轻心，角膜炎化脓的眼睛死盯住自己的敌人，张大喉咙发出声嘶力竭的吼叫，同时大口大口地流着口水，口水湿透了地毯，直冒热气，但它躲避着一切袭击，寸步不让。突然，野兽受伤结痂的耳朵后面挨了当头一棒，一时晕头转向了。奥斯卡利用自己的优势，通过一连串漂亮的正、反手组合拳由下而上的连续猛击，步步紧逼，差一点成功地将口吐白沫的野兽逼退到浴室，正准备扣杀得分之际，旱獭突然进行绝望反击，用锋利的门牙拼命地撕咬枕头，枕头顿时破裂了。

战局重燃，枕芯鹅毛乱飞，纷纷扬扬，恰似鹅毛大雪，颇有美感，令人欣慰。奥斯卡裹着被子滚成一团；野兽倒地也滚成一团。诸神之战宣告开始。于是乎我也加入到大战中去。

我已经控制住我的惶恐情绪，心想，我的敌人又不是一只受过辐射污染的啮齿动物，或者一本充满着大男子主义调调的心理杂志。在奥斯卡对我半褒半贬的眼神关照下，我冷不防从背后偷袭了一下对手。野兽还来不及发出尖叫，我就狠狠地揪住它的尾巴，我没有把野兽交给男士处理，而是把它扔到卫生间的抽水马桶里，盖上马桶盖，我一屁股坐在上面，反复放水，一连冲了十次。

这样一来，旱獭明显老实多了。

多洛雷斯身上覆盖着一层羽毛，这层羽绒可能会给许多女人带去天使般的容颜，但对她不管用，但也没必要夸大其词。即使是在死亡状态，她也是满脸怒容。一想到自己死在伊娃之前，她心里有多么不甘，甚至败坏了她前往极乐世界的心情。我有一个想法，充当一下殡仪馆职工，为她美容一番。可面对返璞归真的她，这着实是一个挑战，不过可以修旧如旧，恢复她原来的容貌……我真不敢想象，这样一只动物竟能把一个活人杀死……

“我真不敢想象，这样一只动物竟能把一个活人杀死，”奥斯卡站在我身边说，证明脑电波在我们俩之间是相通的（也可能我刚才说出了自己的想法，果真如此就不那么浪漫了。）。

“然而，可以想见……”我开了个头。

“旱獭是后到的，”他道出我要说的话。

“有人杀死了她……”我断定。

“可怜的野兽晕头转向，还以为在这里享受到了一顿自助餐，”他得出结论。

“在这种情况下……”我犯嘀咕道。

“是的，在这种情况下……”他嘟嘟哝哝。

“我们去看看伊娃在干什么，”我说着朝走廊走去。“她就在隔壁房间。她应该全听到了。她为什么没有介入?”

“她可能……一不做二不休,”奥斯卡答道,他想的正是我想的。

于是,我们表演了一出敲门二重唱,用这种办法来宣泄久憋难忍的压力真是妙极了,因为其他的男女成双活动显然行不通。但我们的努力没有效果,里面毫无反应:即使走廊灯光普照,依然令人毛骨悚然。对奥斯卡来说,他冒着肩膀脱臼的危险,憋足了劲,箭步向门冲去,终于破门而入,只听到一声小小的尖叫(这声尖叫有点败坏了奥斯卡的英雄壮举,不过我没有说三道四,因为男孩子容易感情用事。)。房间里黑咕隆咚的,但浴室门下缝却漏出一线光亮。奥斯卡再无肩力可滥用了,只见他轻轻转动门把叫了声伊娃。

伊娃没有回答,但情有可原。只见她躺在瓷砖地板上,淋漓湿透似乎是刚洗完淋浴出来。像裸体又像尸体。

对奥斯卡和我而言,都是一个刺激。首先因为整形外科医生手艺高超,活计干得很漂亮,其次因为尸体已经成排,现在又新添了一具,最后因为海难中就剩下我们两个幸存者,流落在一个荒岛上垂死挣扎。我的头脑开始发热。我的思想斗争很厉害,离神经病发作不远了。就剩下我们俩了,奥斯卡和我。我自言自语,既然我不是凶手,那他……

我的火车正在脱轨。在房间里,我听到身后有奥斯卡的动静。奥斯卡,一个多么可爱的小伙子……多么殷勤体贴……这是不可能的……不过我不敢看他一眼……就在此时,我听到我背后有一个响动,好像是落体的响动。就在我转身之际,一声新的警报把酒店四壁都震动了,我突然感到脑瓜挨了重击。我的脑袋炸了,剧痛使我眼前一片模糊，我隐约瞥见一个熟悉的面庞轮廓。而后一片空白。

我醒来时，我以为逃脱了一场噩梦，周围一片漆黑，毫无动静；有一阵子，我想我是在家里，躺在床上，美人根贝克街旅馆度周末只不过是一场噩梦。后来，觉得床垫怎么这么硬，这么冷，就像是瓷砖地板一样……后来，思来想去，我很少捆绑着手脚睡觉呀……真相大白了……是奥斯卡把我绑起来，是奥斯卡一手干的好事，奥斯卡是杀手。这就是我得出的结论，但这一次，我又上当了。

我听到房门开了，灯光使我眼花缭乱。我睁大眼睛一看，发现我原来是在厨房里。而奥斯卡就在我眼前。他像我一样，被捆绑着手脚躺在地上……这让我大吃一惊，说明还有一个人就要进来。奇怪的是向我们走来的是一个头发斑白的人。奇怪的是这个头发斑白的人嘴角上挂着怪笑。我惊呆了。

“您要……要干什么？您……您不是已经死了吗！”奥斯卡哆哆嗦嗦地说。

“是的，但我活得更好了，谢谢。”

原来是鲍比·迈克哥纳罕面对着我们。作为一个从死亡堆里活过来的人物，他看样子神采奕奕，眼睛炯炯有神，对他的雕虫小技产生的效果颇为得意。

“迈克哥纳罕，原来是你！你这个怪物！”

“乌拉，您恢复得倒挺利索，我的小宝贝奥黛丽。您的怒颜反而很美，您很迷人啊。”

“这怎么可能？”奥斯卡说。

“哦呵，这很简单。一个学徒的雕虫小技，”迈克哥纳罕说着掏出一把小匕首。“你们见过这玩意儿吗？”

“我更希望您把它藏在口袋里。”

“或者插在胸口上，也许吧？”他说着，将刀子插进心窝，发出一声痛苦的呼叫，然后瘫倒在现场。

“他有病！”奥斯卡叫了起来。“他干了什么？”

“我好像明白了，”我说，眼看着迈克哥纳罕挤眉弄眼然后爆发大笑。这个英俊的老家伙站了起来，依然笑个不停，然后靠近奥斯卡，在他大腿上捅了一刀。

“你们明白了吧？这是一把可伸缩刀刃的刀具，是我在福尔摩斯展厅墙上找到的。我用它来演了早上这出小喜剧。我只要稍许涂点血就行了，因为你们眼里只有火情。你们甚至去查看同伴的尸体，想知道凶手是否藏在尸体之间，却没有想起来查看我这具尸体！”

“于是您就可以继续为非作歹却不被揭穿面具……就像在《十个小黑人》里那样……”

“从头到尾搞错了，奥黛丽。追杀你们的事并非我所为。”

“啊没有吗？”我说，尽量克制住语气中的嘲讽意味，“那您的目的何在？”

“那是保护我自己呀！”迈克哥纳罕理直气壮道。“我没有罪！”

我又糊涂了，警报长鸣不断，震荡着我的脑袋，迈克哥纳罕情真意切地自我辩解。他在搞什么名堂？

“导演我的死亡是摆脱凶手最好的办法，”看管我们的狱卒又说。“我这么做是为了逃命，我想，他以为我是死在一个同事的手里，这个同事很可能乘着大乱把我杀了。我敢肯定，要杀的不止一个！然后我就等着杀手下手，而且螳螂捕蝉黄雀在后。”

“螳螂捕蝉黄雀在后？我不明白，”奥斯卡道。

“噢，没错，您明白得很！你们继续演你们的喜剧，光明正大，但你们两个都了解真相。因为罪犯就是你们！”

如果说迈克哥纳罕的解释让我困惑，那么他的结论就使得我的血液冻结了。他要干什么？来一点起码的心理折磨？或者他陷入了双重人格的痛苦？可以肯定的是，他终于看到我们受到他的摆布而得意忘形了。

“我一开始就对你们产生怀疑，但我老在你们两个人之间犹疑不决。您，奥斯卡，太过天真、太过乖巧，显得不够诚实，事故一个接着一个，可您在事故中却鹤立鸡群，与您的年龄很不相称。至于您，奥黛丽，我一直觉得您很可疑。这些个乔装打扮，这些个花言巧语，您的所谓记者身份……这就是我为什么先是犹豫而后才明白的道理。”

“明白什么？”

“罪犯不止一个，而是两个。一对兴妖作怪的俊男靓女。奥斯卡和奥黛丽。”

“您疯了！”

“放开我们！”

“别着急，我会给你们松绑的，只等救援一到、警车一响。不过还得有点耐心：电网虽然通了，电话网却还不行。等着吧，为了保护我自己，只好把你们留在这里了。”

迈克哥纳罕出去了，奥斯卡只会哭唧唧躲在角落里怨天尤人，而我却开始思考对策。假如迈克哥纳罕是杀手，他为什么不早把我们统统收拾掉？但如果迈克哥纳罕不是杀手……有什么办法解决问题呢？我一边看着奥斯卡哭鼻子，一边在脑海里快速掠过各种办法和主意。一点没错，奥斯卡看上去满脸都是无辜的样子……要么就是标准的精神病变态患者，堪称隐蔽大王！

我觉得一阵焦虑袭上心头，闭上眼睛侧身倒在奥斯卡身边，此时，刺耳的警报声甚嚣尘上，表明高潮即将到来。我久久屏声静气，却听到奥斯卡贴着我的耳朵窃窃私语，我差一点要喊出声来。

“嘘，什么也别说，我已经成功地解开了捆我的绳索。不幸中之大幸，捆绑我们的人不会打死结。我来把你解开，然后我们就可以逃脱迫害。两个人，我们就可以占上风。”

“他说不会把我们怎么样……”

“这是一个大玩家！你没看见他跟我们玩把戏？这家伙有病，他现在不杀我们是为了过后杀我们。跟我来。”

我跟着奥斯卡，也不知道脑子里想什么，心烦意乱的焦虑越来越厉害。他看上去是那么无辜……而迈克哥纳罕是那么有罪……我们蹑手蹑脚朝厅门走去。酒店里没有一点动静，而灯光老是那么刺眼，老是那样咄咄逼人。我们在寻找迈克哥纳罕，他就在不远的地方……

他的身体老老实实地等在大厅门口，而他的头却在离身子两米远的地方。

双重人格登峰造极了。

迈克哥纳罕被揭开了盖子，闹得个身首分离。

一滴水可以溢盆，一摊血可以惊魂。我用实际行动来向多洛雷斯致敬，我歇斯底里地大喊大叫，泪如雨下，击打在瓷砖上。奥斯卡把我紧紧抱在怀里，轻轻地对我说一切会好的，可我却感到后背一阵阵刺骨的冰凉，他看着我，我的心里却堵得慌……他脸上的表情。

奥斯卡的脸上露出鲍比的微笑。

我折腰叠腹，好像肚子刚刚被人击了一拳。我得逃跑，而且要快。我不想亲历这亘古不遇的混乱时刻，居然有一对情侣彼此相视无语，可深邃的眼神分明在说："难道，你就是杀手?!"事实上，我想起来了，正因为我太过矜持守节才会表现得天真烂漫。我没有给我的合作伙伴投去痴情的目光，而是漂漂亮亮地揍了他一拳，这动作更有黑色的浪漫的味道，但效果很好，既然我决意逃跑。

"奥黛丽!"奥斯卡吼叫起来，他受伤流的一腔鼻血可能被地毯贪婪地吸收了。"回来，奥黛丽!"

遭遇一个连环杀手，激发了我的逃生意志，我在酒店楼梯和走廊里飞奔，打破了百米短跑的纪录，一下子就跑到我的房门前。凡是被精神病患者追逐过的女人都知道，有一个很现实的问题摆在眼前："我把钥匙放在哪里了?"(随口还有一连串的骂骂咧咧)

我惊恐万状，控制不住浑身发抖，在各个口袋里胡乱摸索着，而且每每忙中有错，正应了那句经典而且总是那么贴切的话："杀人凶手已上楼梯，无辜姑娘才找钥匙。"

"奥黛丽!"奥斯卡大声嚷嚷道，那腔调带点干鼻音，男人生气时鼻子气歪了。"等等我!"

“哦呵，不，这不是真的……”我气呼呼地手足无措乱扑腾，无法进行缜密的逻辑思考，正如心理杂志描写的那样，要是不这么糟糕！

“奥黛丽?”奥斯卡叫我，嗓音甜得发嗲，让我倍加毛骨悚然。“别跑，我不会对你使坏……”

“行了!”我喜出望外，终于从口袋里找到了，但不是我那把钥匙（怎么可能这么简单），是一串钥匙圈，那是我报到时旅馆经理交给我的。

现在又冒出第二个问题了，人们处于人生低谷却又再次看到希望时会问的：“哪把钥匙能开这把锁?”在这种情况下——美国的编剧最在行——只有一个解决办法：一把接一把地试，先试大钥匙，而大钥匙总是打不开房门的，接着，每试两把就会把钥匙圈弄掉一次。

“奥黛丽，够了!”奥斯卡追喊着，只见他爬着上了楼梯，他的鼻子很难受吧（可以理解）。

我急得像热锅上的蚂蚁，就像锁匠一样空有一腔热情，可是奥斯卡已经出现在楼道的那一头，只见他穿着罢工人员脏兮兮的红衬衫，像在游行队伍后面挨了警棍那样一脸狼狈相。他就在几米远的地方；我只剩下几秒钟：一场时空大战即将打响，这将是一次酒店大爆炸①，将是一道瑞士启示录。可是后来，这一切并没有发生，谢天谢地。因为就在奥斯卡即将挥拳置我于鼻青脸肿、血肉横飞之际，一把钥匙插进了锁孔，从而避免了精心设计的血洗，还有讨厌的死亡。

---

① 大爆炸是指宇宙大爆炸。

喀哒，喀啦，芝麻开门了！

我砰的一声把门关上，正好让奥斯卡碰了一鼻子灰，但愿这个小伙子不会鲜血四溢，他的体力肯定一般般，他那张脸一眼看去就知道以前读书时是免上体育课的。他敲起我的门，困难多，信心少。

“给我开门，奥黛丽！我不会对你使坏！”

“他们都这么说！”

“谁？”

“变态杀手！”

“我不是杀手！”

“他们都这么说！”

“住口，终于住口了！你了解我的，我是无辜的！”

“真正的杀手看样子都是无辜的。正因为如此才这么难抓住他们。对不起，你外表很善良。”

“奥黛丽，行行好，我流着血！”

“哀兵政策以博得同情，谁都知道这一套。”

“我向你发誓，我没有杀过任何人！”

“无论如何，假如你是杀手，你会对我坦白？”

“嗯……我想我不……”

“那好了，既然有嫌疑，还是小心为妙，我不再离开我的房间。你也只有跟我一样闭门不出。等待救援，走一步看一步吧。”

“可我不想一个人孤零零的。我需要你！”

“奥斯卡，好好思考一下。现在只剩下我们两个人，其他人都死了。而我有可靠证据证明我不是杀手。”

“我知道你不是杀手，我相信你！”

“正因为如此，这才是我最担心的。由于只剩下咱们两个人，从逻辑上讲，你肯定想，我是有罪的！但事实是，你知道我不是杀手，那就证明，你是杀人疯子！”

“这纯属推理！可我对你有感情！”

“憎恨也是感情。要把下一个碎尸万段的欲望也是感情。”

“我对你有爱恋之情！”

“好极了，替我好好保存好你的这份热情。现在，我要终止跟你谈话。我要将门锁上。我劝你跟我一样躲进房间里期待最后的假设。”

“什么假设？”

“你提过的假设。假定凶手从一开始就躲进旅馆。如果你不是杀手，你最好不要在楼道里逗留。”

“你以为？”

就在此时，我听到门外有一阵怪响，像吃吃的暗笑。我叫了声奥斯卡。奥斯卡没有回答。而后，悄无声息。

得了，我的文章已近尾声，也许就要草草收场。已经过了午夜。几小时来酒店一片死寂。我不知道奥斯卡在干什么，我甚至也弄不清楚他到底是不是杀手……他怎么能对迈克哥纳罕隔空搞斩首行动？谁能演出如此高明的闹剧？这一切弄得我心乱如麻，头昏脑涨，一阵阵忐忑不安的闹心和恶心挥之不去……我等待有人来找我、救我或者干脆把我干掉，在这期间，我只好把我写的东西重读一遍，试图从中找出解开真相的蛛丝马迹。

我在向第三杯威士忌进军，我在攻克第二块巧克力，我偷来了迈克哥纳罕的煤油炉子（我有罪），开足火力供暖。如果说我的大限已快到了，那么至少最后一晚我的身子是热乎乎的，肚子是饱饱的，精神是在云里雾里自由飘渺着的。所有这一切应有尽有，都有利于我愉快地阅读……

《夏洛克·福尔摩斯补白》（节录）

提到 L 这个字母，人们往往想到阅读（Lecture）。在《金边夹鼻眼镜》奇案开篇里，福尔摩斯正在“用高倍放大镜对一段隐迹文本[①]进行破解”。这种姿态，既是侦探的姿态，也是读者的姿态，为我们揭示了侦探与阅读两种活动的深层关系。侦探是解读存在的事实，破解诸如脚印、烟灰、相貌。侦探故事的读者则要钻进侦探的肚子里，透过作家使用的话语迂回曲折地寻找蛛丝马迹。

继续往下读这个短篇故事，老人的秘书被人杀害了，他对福尔摩斯说：“如果您能帮助我们弄清这件没有头绪的案子，我会非常感激您的。像我这样的书呆子和残废人，受到这种打击，简直是当头一棒，我连思考的能力都没有了。”一个“残废的”读者，正是我们大家共同的写照，这是福尔摩斯给我们留下的破解谜团的名言，他告诉我们，我们自己可以最终得出结论。

不过，福尔摩斯果真是一位可靠的读者吗？皮埃尔·巴亚尔在《巴斯克维尔猎犬案情》中指出，福尔摩斯自己就扮演了既是

① 擦掉旧字写上新字的羊皮纸稿本，但可用化学方法使原迹复现。

侦探又是读者的双重角色，他在案件中于是误入歧途，真正的罪犯从没有心虚过，而福尔摩斯的推理理论被一个多世纪以来的所有读者都认为是可行的。

有人因此得出结论说，福尔摩斯的才能更多地表现在语言表达能力上，而不是在推理判断能力上，因为他的语言表达能力足以征服所有人，其中包括那篇小说的读者和证实他分析的读者。说到底，罪犯的真实身份可能未必是福尔摩斯推理的结论，但却是他判断罪犯真实身份的出发点。对他而言，所有的挑战，就是要以大白于天下的方式在现场对他事先看准的嫌疑人进行控告，尽管嫌疑人各有不同……

于是问题来了：我们能读懂谜团小说吗？我们真的在看该看的东西吗？或者说，我们不由自主地被讲故事的人操控了吗？

※

雷斯垂德探长将看完的最后一页放在桌子上，久久沉默无语。他神色凝重——以至于波塞冬、弗利波和里加特利都不敢打破这个尘埃落定的时刻——但目光中却燃起一道火光。他终于站了起来，开始在大厅里来回踱步，一边往烟斗里装填着棕色的烟丝。

探长又回到三个伙伴身边，重新抽着烟斗坐了下来，神色显得轻松，眼睛闪烁生辉。

“好了，”探长搓搓手说。“我猜想，对于你们而言，案情已经水落石出了吧？”

“您是在说笑吧？”波塞冬反驳道。“我们从刚才读的所有材料中得不出任何结论！要不就是这样，奥斯卡应该是罪犯，因为他是最后活着……”

“得了吧!”雷斯垂德不耐烦地打断波塞冬的话。“忘了奥斯卡！他没有杀任何人!”

“那么，我得承认，我一点也弄不明白。”

“我也是，我承认，探长先生，”弗利波更是一头雾水。

“我同意你们的意见，这是一桩奇特的案件。”

“太过复杂很难破案，”波塞冬断定说。

“它的确很复杂，但我不得不否决你们后半部分的论断。此案已经解决。”

“我知道!”里加特利兴高采烈。“您真是出类拔萃!”

“您明白真相了?”波塞冬不胜惊讶。

“毫无疑问，我想，你们刚才也是沿着跟我一样的逻辑思路走过来的！为了运用夏洛克·福尔摩斯的方法来破解此案，我给你们提过许多建议，难道你们对发生过的事情心中就一点没有底?我真不敢相信，所有的要素细节都展现在你们的眼皮底下，跟我看到的完全是一样的!”

“既然您知道谁是罪犯，那就告诉我们好了!”波塞冬气呼呼地说。

“倘若你们非要从这里说起不可，答案是显而易见的，而且我一开始就心中有数了。阅读奥黛丽及其伙伴的叙述资料只不过是用来证实我从一开始就明白了的那个底。”

探长稍作停顿以便吸旺他的烟斗，顺便延长一下破案的悬念，然后悠然自得地一语道破：

“没有罪犯。”

波塞冬、弗利波和里加特利听后个个惊得目瞪口呆，许久才做出反应：

“怎么回事，没有罪犯?”弗利波感到大为惊讶!

“我们手上有十一具尸体!”波塞冬感到十分恼火。“总得有人把他们杀掉吧!”

“我再对你们说一遍：没有罪犯。”雷斯垂德回答道。

“什么意思?”里加特利不安起来。“您给我们解释一下吧!”

“我的意思是，摆在我们面前的是我入行以来最惊人的案件之一。一个特例，我敢肯定，夏洛克·福尔摩斯会乐于破解此案的。从一开始，这个案子就让我想起他在《身份案》开头说过的话：‘生活比人们所能想象的要奇妙何止千百倍；真正存在的很平常的事情，我们连想也不敢想。’他又补充说，面对生活，‘一切老一套的、一看开头就知道结局的小说，变得索然无味而无人问津。’将这些话牢牢记在脑子里，我的朋友们，我要当着你们的面罗列事实的来龙去脉。”

“哦呵，难道您只能背诵福尔摩斯的名言吗?”弗利波问。“我不敢说我都明白了……”

“记住，现实胜于小说，这已经很不错了，”雷斯垂德探长说着，朝天花板吐着烟云，然后用生动的口气继续进行推理。“且听我慢慢道来，前两具被发现的尸体是罗德里格兹教授和本杰明·卢夫斯，前者从楼梯上跌落后解体，而后者被他的健身器材压瘫了。乍一看，那位被禁闭在密室中的学者以为是意外事故造成的死亡。但波波教授和格鲁克的尸体发现以后，一个杀手连环作案的推理变得顺理成章了。有人潜伏在暗处，或者伪装混入团队里，将竞选福学首席教授职位的候选人一个接一个地清除掉。活着的人对罗德里格兹和卢夫斯之死有了新的看法，开始转向谋杀的推理。连环杀手的想法因此也就顺理成章了，教授们被封闭在旅馆里，精神压力越来越大，从而强化了连环杀手的自圆其说，当时的形势容易使人胡猜乱想，特别是喝侦探小说乳水长大的人们，满脑子都是离奇古怪的案例。于是导致了一场引人入胜的推理，但却是一场错误的推理!”

“我明白了，”波塞冬说。“您是说，这里没有一个连环杀手，但有好几个杀手。我也曾经一度有这种想法：教授们为了自保，最终接二连三互相残杀。是这么回事吗?”

“厉害呀，波塞冬!”雷斯垂德探长为他鼓掌。“您有资格当华生医生了。”

“哇噢，厉害!”里加特利欢呼起来。“很了不起啊。”

“谢谢，”波塞冬得意洋洋，“只要想一想就行了。”

“有资格当华生，”雷斯垂德探长接着说，“可华生从来没有给出过一个有用的结论，不过，对福尔摩斯来说，他的作用却是不可或缺的，福尔摩斯在《巴斯克维尔的猎犬》中对华生说：‘我有时是避开了您的错误才找到真相的。’”

“对不起?”波塞冬红着脸说。“我不明白……”

“啊呵，这我就放心了，我不是一个人，”弗利波揶揄道。

“我再给你们重复一遍，既没有一个杀手，也没有好几个罪犯：根本就没有凶手！罗德里格兹和卢夫斯，死亡名单最早的两位是意外事故造成的，当时大家都这么想。请再读一读第一晚的报告，罗德里格兹当时烂醉如泥，他踉踉跄跄走在黑暗的走廊里，摔倒了。就这么窝囊。”

“就算这样……但卢夫斯呢?”

“你们真的以为，一个知识分子需要有个人来将一场健身变成一场悲剧？我们是自己最糟糕的敌人，但我们又羞于承认这一点。

我们潜在的偏执与我们天生的傲慢搅和在一起，促使我们总是从外部寻找罪犯，却不肯直面自己的缺陷。在这场令人心碎的事件里，没有任何客观事实能把我们引向罪案调查这条路，除非我们想要这么干。卢夫斯体重一百二十公斤，他是练杠铃时连人带车摔倒的。就这样画上了句号。”

“我很愿意接受您对头两位死者的推理，”波塞冬辩解道，“但对波波教授的死因却不敢苟同！不管怎么说，他难道是自己跑到水族箱里把自己给淹死的吗？”

“为什么不呢？因为您不会这么做？比照我们自己的行为来衡量别人的行为而做出判断是逻辑学家的大忌。您的思想老是停留在已经形成的思维模式里而不注意事物的个性特征。波波教授何许人也？是一个疾病缠身的老朽，其言行已经不再符合普通人的逻辑规范，此类事例在我们刚刚阅读的材料里不胜枚举。当大家争先恐后拥向二楼救火之际，他在干什么呢？他刚刚才开始配合行动，此时只有他单独一个人留在会议厅里，从体力上讲，他肯定跟不上大家的节奏。当老教授需要作出决断的时候，您至少可以猜想一下他会做什么？比如说他开始惊慌失措的时候？”

“他在翻阅他的便利贴，想从中找出该做的事情？”波塞冬回答，有所领悟但无把握。

“回答正确。在奥黛丽留下的记录材料中，有张便利条上写的是：‘火，这很危险。但是水，却是生命！’解释就在你们的眼皮底下，回顾一下当时的场面：波波听到同事们疯狂地喊着“救火!”，他连忙掏自己的口袋，看看他的便利贴，发现其中有一条与“火”有关，他按照预先的设定去做。为了躲火以自保，必须有水；而最近的水就是水族箱。尽管波波教授身体欠佳，但还是可以爬上桌台，企图投身到水池子里避难。避难所是找到了，但遗憾的是，便利贴没有写上一条提醒他：人在水里是不能呼吸的。”

“请原谅，探长，”波塞冬说，“我总觉得有点牵强……”

“您还记得奥黛丽透露的信息吗？”雷斯垂德探长抽着烟斗以问为答。“波波的女秘书在临出发去瑞士前在一个纸盒子里找到了这本便利贴！那波波教授为什么不能躲到水族箱里去呢？但我明白您的反应。我们的思想往往不肯接受生命重要关头采取的种种极端行为。您说的话与侦探小说读者说的话如出一辙，侦探小说的读者总希望作家提供一个切实可行的解决办法，他如果觉得这个办法不可信，他就会反感。然而，如果我们沿着这个狭窄的可信的思路往下走的话，那么生活本身就失去了真实性！您只要打开报纸，浏览一下花边新闻，您就会发现，每天都有难以置信的奇闻轶事，但这些怪事却是千真万确发生过的。有些事件，我们大家都可以作证，但当我们讲这些事件的时候，世人很难相信。华生自己就对某些案件讳莫如深，比如《苏门答腊的巨鼠》，因为他知道，读者面对非理性的东西往往嗤之以鼻。今天我们感兴趣的东西逼着我们违背常理。天晓得这是多么困难，岂不知死亡的恐惧会带来荒谬的情感，面对这种荒谬的情感自然会启动心理戒备机制，而我们拒绝承认偶然和巧合，正是这种心理戒备机制在起作用。”

“我有一种戒备心理吗？”弗利波惊讶地问。

“还用说……”波塞冬道，略有所思。“这么说，照您的推理，杜里厄之死不是因为饮料有毒造成的结果了？”

“不是的，”探长道。

“可是……您刚刚还说没有一个人是被谋杀的！”

“我是这么说的。杜里厄不是被谋杀，但他的杯子里的饮料的确有毒素。这种毒素对我们大多数人来说是无害的，但对于杜里厄则不然。还在那里，再读读那段回忆录。杜里厄死于过敏，而他自己对全身的过敏反应却不当一回事。他对花生有排斥反应，奥黛丽对他的形象特写中有白纸黑字的记载，您知道他喝的酒是什么东西酿造的吗？正是秘鲁的饮料杀了他。”

“难道是大麻？”里加特利试探着回答。

“是花生米酿造的，”雷斯垂德探长终于揭开了谜底。“杜里厄不清楚这种饮料的成分构成，更何况他饮食比较随性，不太注意忌讳。他突发过敏性休克，这是一种激烈的过敏反应，他因此死于非命，每年有数以百计的类似死亡病例。但在当时高度紧张的气氛里，所有人都将杜里厄的死因归结为凶杀，因为这更符合逻辑，更真实可信。”

“说来也怪，所有这些事故巧合得出奇！”波塞冬回答道。

“生活本来就充满着巧合！想想我要求您记在脑海里的话：‘生活千奇百怪，超出了人大脑的想象力。’有什么力量能阻止十一件死亡事故在同一个地点、同一个周末发生呢？理论上讲，没有任何东西有这个能力，绝对没有，只是我们的思想排斥巧合的存在。亿万分之一的几率总有吧？当然有，这种几率终归是存在的！”

“我明白了！”弗利波欢呼起来。“我战胜了我的心理戒备！这么说，格鲁克教授是自己上吊死的，是不是这样？”

“如果牵涉到的是一桩自杀事件，它就不能满足我们调查罪案的兴趣，但它符合客观事实。请诸位回想一下格鲁克教授死亡前夜潜入波波教授房间受辱的那段插曲。他当着同行的面受尽屈辱，弄得颜面扫地，他还有什么选项余地呢？不妨再读读对格鲁克的肖像描写，神经官能症折磨着他，他无法区分开自己的身份和喜爱的作家，还记得吗？格鲁克这人情绪不稳定，分不清楚现实和虚构。那么，在格鲁克床头柜上找到的是哪位作家的书呢？”

“呃……我们应该知道？”波塞冬问。

“你们视而不见就是了！这在年轻姑娘奥黛丽的报告文稿中都有记载！‘我们从中找到一部热拉尔·德·内瓦尔的诗文集！’”

“热拉尔·德……？”弗利波高声问道。“就是他划船横渡大西洋，难道不是吗？”

“你们知道热拉尔·德·内瓦尔是怎样死的吗？他可是我们一位鼎鼎有名的大诗人，先生们知道吗？上吊自杀的！格鲁克教授突然失去了竞争首席教授的资格，奇耻大辱、名誉扫地，驱使他走向不归路。但酒店里没有一个人想到他是自杀的，因为连环杀手的推理已经成了绝对真理。大家都把自己的忧虑恐惧和侦探小说读者的奇思妙想一股脑儿往事故事实上进行包装。我们面对的是一个自我说服的奇景：在这个案件中，不是杀手应该对死者负责，而是死者在制造杀手。”

“那佩尔舒瓦呢？”里加特利问。

“难道你们没有发现，佩尔舒瓦绝望地呼唤福尔摩斯时那种颓废和无奈？佩尔舒瓦以吸毒的自慰来和他崇拜的导师见面，他增加吸毒剂量是因为他再也听不到大师的声音了，直到扎进致命的一针。更何况奥黛丽已经得出用毒过度导致死亡的结论。但她情不自禁地倾向他人投毒犯罪的论断，面对多洛雷斯之死，她的反应如出一辙。”

“此话怎讲?”

“她不认为多洛雷斯是被发疯的旱獭所杀。应该有一个罪犯此前就出现在现场。然而，旱獭这种动物的危险性早有记载，美人根地区的山民十分清楚，旱獭咬人会造成重大的伤害。兔子急了也咬人，即使是食草野生动物，有时也会做出意料不到的反应。哪怕就咬那么一下，但正好咬在要害部位就足以致命：多洛雷斯非常倒霉，恰巧是颈动脉挨咬，致使血流不止而死。”

“同意对多洛雷斯之死的分析，但伊娃·冯·格鲁伯和迈克哥纳罕又怎么说?”

“‘事实！事实！事实！没有黏土就造不出砖。’这是福尔摩斯在《铜山毛榉案》中留下的教训。奥斯卡和奥黛丽是在什么时候怎样找到伊娃的呢?”

“她当时躺在她房间浴室的地板上，”波塞冬回答。

“光着身子浑身湿淋淋的，”弗利波补充道，“这个我记得清清楚楚。”

“是什么时间?”探长又问。

“没有任何概念……”三人不约而同地回答。

“酒店刚恢复供电才几分钟!”雷斯垂德探长掷地有声地说。“水和电流，这个情节该让你们想起以前著名的先例了吧？伊娃正在淋浴，或者她刚淋浴完出来，正巧电灯亮了。这时候，只要她有意无意不小心碰了一下灯泡或开关什么的……”

“她触电了!”弗利波嚷嚷道。“我深有体会，我母亲告诉我，我小时候就触过电!”

“这是一种很常见的家庭事故，尽管有种种预防措施。”雷斯垂德探长肯定地说。

“那迈克哥纳罕呢?”波塞冬酸酸地问。“没人会用斩首的方式自杀吧!”

“迈克哥纳罕的情况让我颇为纠结,”雷斯垂德探长回答道,说着从扶手椅上站了起来,开始在大厅里踱百步。“这就需要归纳总结了:我们已经掌握有结果,要从结果中溯源找原因。什么东西可以把一个人的头砍下来?”

“一个断头台?”弗利波举高手指试答。

“一把斧子?”里加特利试探。

“不错,但酒店里既没有断头台,也没有斧子。接着找一找。”

“得有锋利的刀片,”波塞冬道,“或者一种利器,力量很大,高速下落砍在脖子上……”

“回答正确!”雷斯垂德探长为大家点赞,同时用手指着波塞冬中尉。“那么,迈克哥纳罕的尸体是在哪里找到的?”

“在大厅门口,如果我没记错的话……可他的头却离身子稍远一点……杀手可能隐藏在……”

“没有杀手,我再重复一遍!相反,大厅入口有个什么东西,文稿开始就有记载,它就在那儿,是为了防护贝克街旅馆的福迷藏品。”

波塞冬和弗利波看了看里加特利,只见经理眉头紧皱正在苦思冥想。

“我的安全栅栏!”酒店经理终于叫出声来。“可能是它掉了下来!”

“应该就是它掉了下来,”雷斯垂德探长纠正道。

“‘当排除了所有其他可能性,还剩一个时,不管有多么的不可能,那就是真相。’正如福尔摩斯在《苍白的士兵案》中教导我们的那样。没有别的解释，奥黛丽说得一清二楚，电灯重新照明，警报不时鸣叫。电力系统全都乱了套，其中包括安全栅栏。它突然降落在迈克哥纳罕头上，迈克哥纳罕千不该万不该，不该在错误的时刻、错误的地点正好从门下经过，正是安全栅栏砍了迈克哥纳罕的头，可它砍头后又重新提了上去，弄得奥黛丽和奥斯卡对这起砍头事件无从理解。我们还是去检查一下安全栅栏吧，我相信，你们可以从上面找到血迹。”

波塞冬、弗利波和里加特利不约而同拥向大厅门口，而探长却一屁股重新坐回扶手椅里。

“您说得很对！”里加特利欢呼起来。“过来看看，有血！”

“我就不必去看了，”雷斯垂德探长道，美美地品味着他的烟斗。“根据事实进行客观分析，上面应该有血。”

“您料事如神啊！”里加特利大加赞叹，回到探长身边。

“可喜可贺，”波塞冬挤眉弄眼附和道。“不过我想，您要如法炮制说清楚奥黛丽之死恐怕就难了，是不是？她死了，她的叙述也终止了。因此，您就没有任何客观事实可以分析了……”

“您错了，只要反复读、坚持读就有名堂。您还记得不幸的姑娘最后的留言吗？这些话是她留给我们解开她死亡之谜的钥匙。”

“她说，她要吃饱巧克力，如果我没记错的话。您倾向于她肝病发作吧？”波塞冬调侃地说。

“别耍小聪明，中尉，好好读到底。在严寒中度过几天之后，这位年轻女子在干什么呢？她在‘开足火力供暖’。用什么供暖呢？用煤油炉，就是迈克哥纳罕在搜索酒店时找到的煤油炉，迈克哥纳罕死后，她把它悄悄地搬到自己房间里来的。一个老旧的煤油炉，放在现代化的酒店里很久没有使用过，在一个小小的房间里开足最大的火力，房间里又没有任何的通风设备。所有的隐患都集中在一起，引发了一出极普通的悲剧，说它普通，因为每年冬天，类似的悲剧时有发生，那就是一氧化碳中毒。奥黛丽说她很累，说她头疼，说她恶心，这些症状众所周知！尸体检查将会证实我说的没错，不可能有其他的可能性。”

“那她的尸体怎么会出现在冷库里跟其他尸体打成一片呢？”里加特利问。

“是奥斯卡把她送去的。奥黛丽的房门被他撞开了。奥斯卡应该又回来想和她说话，可是却再也听不到她的动静，于是他打开门。我提醒你们，多洛雷斯和伊娃的门也是他撞开的。”

“那么，悲剧结束了？”弗利波问。

“还有尾声，”雷斯垂德探长回答道。“还有奥斯卡·勒科克的情况没说，但为了给我们的朋友波塞冬留点面子，我还是不提砸旅馆大门那段插曲为好……”

“您对我太好了，”波塞冬中尉哽咽道。

“这个可怜的奥斯卡说不定可以帮我们弄清好些问题，”雷斯垂德探长说着忽然陷入了沉思。“我真不敢想象，在这座坟墓里，奥斯卡的最后几小时该是什么样子。离得救只差一步却死了……此时此刻，我想起了《硬纸盒奇案》的结尾，福尔摩斯难得大发形而上学的感慨：‘这一切是什么意思，华生？这一连串的痛苦、暴力、恐惧，究竟是为了什么目的？一定是有某种目的的，否则的话，我们这个宇宙就被偶然所支配了，这是不可想象的。’福尔摩斯高度概括了世人形而上的忧患意识，正是这种忧患意识驱使他去寻找事物的逻辑解释，而非以‘偶然’来加以搪塞，因为偶然的存在往往将我们推向失望。不过，亲爱的先生们，偶然是存在的，巧合就在我们身边转悠，而正义又不属于这个世界。承认偶然就可以理解我们关切的神秘事件：所有这些人都死于偶然。糟糕的偶然。”

“这么说案件已经解决……”波塞冬道。“我承认我的思想在抵抗……”

“跟我学着点，中尉，我摧毁了我的心理抵抗！”

“说没有罪犯，对我来说，很难接受……”

“哦呵，如果您坚持说有罪犯，”雷斯垂德探长懒洋洋地说，“我们可以给您找一个罪犯。说到底，您是对的，肯定有一个罪犯……从复仇的管家到妒忌成性的情妇，从无害的奶奶到负责调查的侦探，从次要人物到案情陈述者自己，侦探小说为我们提供了形形色色的案情。不过，这个案子，罪犯有点特别……”

“此话怎讲？”

“那好吧，说道说道，”探长说着，指了指搁在茶几上的那本《十个小黑人》，“罪犯就是它……就是侦探小说。”

“什么？”

“我们的福迷们是侦探小说的专家，他们是通过他们毕生研究侦探小说得出的方法来观察世界的。在他们看来，一个与世隔绝的旅馆只能是一个陷阱，一件偶然的死亡事故只能是一桩改头换面的犯罪，因为在侦探小说里都是这么描写的！热衷于侦探小说的读者并不把意外事故纳入他们观察世界的范畴之内，他们自觉不自觉地总希望有凶犯出来作案。我们的福迷们把阅读小说养成的想象力投射到现实生活中去，他们忧心忡忡，对大多数意外事故采取偏执狂的态度来处理。如果他们此前保持冷静，并且抱团合作，那么大多数人说不定现在还活着呢。”

“从某种方式看，您是说他们是死于恐惧?”波塞冬问。

“正是这样，中尉……奥黛丽的叙述明显带有这种倾向，她是在用自己危险的想象力去透析现实问题。您不妨回顾一下她是怎样描写水母、旱獭以及伊娃在尸体上面飞行之类的插曲的！她叙述的特点是持续的夸张，难道您对她的夸张不点评一二？她沉浸在浪漫的歇斯底里之中！我还没说到多洛雷斯和佩尔舒瓦的信函，它们堪称是神经质的巅峰之作！那么，如果非要说出一个罪魁祸首，那好，那非侦探小说莫属……”

雷斯垂德探长最后几句话赢得满堂喝彩。警察、医护人员和若干记者已从四面八方蜂拥而至。雷斯垂德探长收拾好文件资料离开了现场，后面紧跟着波塞冬和里加特利。下士弗利波在扶手椅上又待了一会儿，两眼茫然若失，而后站了起来，舒了一口气：

“说得真好，我庆幸一生没读过一本书！我很明白，阅读，这是很危险的!”

六个月后

法国足球甲级联赛马赛队与巴黎圣日耳曼队激战正酣。四十年来第三百六十七回合了，球迷们正互相预测胜负，经过主场、客场和回到主场殊死一搏之后，到底是巴黎公鸡[1]还是马赛鸡公获胜。这就是说，悬念到了忍无可忍的地步。

弗利波下士支持马赛队，只见他跨坐在长沙发上，高喊着为队员加油，心里却老嘀咕着，怎么认不清球衣了。他的胃擅长吸收啤酒和椒盐脆饼，堪称一代宗师，眼睛却没有离开银屏，似乎足球比赛可以扩展他难以想象的能力。好吧，对球迷的嘲笑可以休矣，这太容易了。

上半场结束，宝马广告中断了体育节目，垂涎片刻后，他又开了一包辣味小香肠味的薯片，还有鲜嫩香艳美女接踵而至，弗利波决定跳过广告履行公民的职责：浏览一下新闻。上下场各四十五分钟足球赛之间夹着一个五分钟三明治新闻，堪称赛时的黄金分割。

---

① 公鸡是鸡奸者的避讳。

屏幕上的金发美女主持旁边竟然出现了一张熟悉的面孔，弗利波不胜惊讶。这是下士平生第一次在电视屏幕上看见熟人。下士兴奋的程度无异于听到裁判吹了一个梦幻般的进球哨。这是一则关于雷斯垂德探长的报道。六个月前的贝克街旅馆案件，将探长置于聚光灯下，他那层层推理的天才、精细入微的判断传为神话。后来，他退休了，出版了一部调查破案的著作，更使他名声大噪。弗利波下士饶有兴趣地听了当日新闻：宣布前探长——福尔摩斯探案传奇大鉴赏家暨大侦探破案妙法专家——荣任索邦大学福学首席教授。

弗利波下士朝着等离子银屏举起凯旋牌啤酒，为雷斯垂德探长干杯。他一边津津有味地吃着椒盐脆饼，不由回想起贝克街旅馆惊人的陈尸案和探长在解决这桩神秘案件时的出色表现。银屏上，只见索邦大学新任福学教授对记者说，他是多么荣幸和自豪，于是如此这般、这个那个白话了一通，可突然间，一个念头穿过弗利波下士的脑海，过去是很少发生类似情况的。

一个离奇的念头不知从什么地方突然冒了出来。

弗利波心想，从另外一个角度去看这个案子也许会歪打正着。雷斯垂德探长关于十一个意外死亡原因的高论折服了所有的人，但我们不妨提出这样的问题：假如探长搞错了呢？假如真的有第十二个人潜伏在酒店内呢？何况奥斯卡多次提到有暗室存在的可能性……再说了，正如大多数案件那样，只要问一问，犯罪到底谁得到好处不就行了吗？

弗利波下士这么一想，不由得头脑发热起来，他没有任人摆布的习惯。神经元一旦清理明白，千丝万缕的思维便高速运转起来。归根结底，是雷斯垂德探长从案件中独吞了所有的好处……

荣誉和首席教授头衔……正是他坚持意外事故论，也是他一一展示了证据……如果他没有搞错的话，那他不就是有意空口胡说吗？他也许极善于把凶杀案伪装成意外事故……没想到天降大雪帮了他一个大忙……整个周末他都悄悄地隐藏在酒店里头……没错，弗利波心想，不早不晚，就在酒店大门打开之际，他突然出现在我们面前……他的到来就像变魔术……他说是奥斯卡打电话呼唤他来的……敢情我们打开大门时他早就在酒店里面了？是谁告诉我们消防大卡车压过奥斯卡身上时他还没有死？又是谁对我们说奥斯卡的父亲在研讨会之前并没有遭遇一次未遂的谋杀？可不是嘛……真有可能……真难以置信……真是……嘿嘿嘿嘿嘿嘿嘿嘿!!!

足球评论员在话筒前声嘶力竭地评说着，为的是对得起自己这份薪水吧。弗利波对案件的重新思考弄得他心烦意乱，下半场刚开始，马赛队一个球员表现很抢眼。下士立刻从沙发上站了起来高喊：“加油马赛！”他开了一瓶凯旋牌啤酒，拦腰撕开一包薯片，挠挠裤裆痒痒。

于是他再也不去想了，永远不去想贝克街旅馆那个案子的事。

管它呢，爱说什么说什么，不过想象一下还是可以的……